AF392385

LA RESISTENCIA LUDITA

Roberto Augusto

LA RESISTENCIA LUDITA

Una novela de ciencia ficción

EL DESPERTAR DEL SILICIO
1

EDITORIAL
Letra Minúscula

¿Quieres publicar un libro? Visita:
www.letraminuscula.com

Página web del autor:
www.robertoaugusto.com

Cuarta edición: junio de 2026
ISBN: 978-84-1090-197-1
Depósito legal: B 9106-2025
Copyright © 2026 Roberto Augusto Míguez
Editado por Editorial Letra Minúscula
www.letraminuscula.com
contacto@letraminuscula.com

Todos los derechos reservados. Bajo las sanciones establecidas en el ordenamiento jurídico, queda rigurosamente prohibida, sin autorización escrita de los titulares del *copyright*, la reproducción total o parcial de esta obra por cualquier medio o procedimiento, comprendidos la reprografía y el tratamiento informático.

Esta novela es una obra de ficción. Los nombres, personajes, lugares y eventos son producto de la imaginación del autor o se utilizan de manera ficticia. Cualquier semejanza con personas reales, vivas o fallecidas, empresas, instituciones, eventos o situaciones es pura coincidencia.

El contenido de esta obra no refleja necesariamente las opiniones o posturas del autor sobre los temas tratados, ni debe interpretarse como asesoramiento legal, médico, financiero o de cualquier otra índole. Cualquier referencia a productos, marcas o entidades reconocidas es utilizada con fines narrativos y no implica afiliación, patrocinio o aprobación de ningún tipo.

ÍNDICE

El pensamiento ha inventado el ordenador. Es necesario comprender la complejidad y el futuro de esta máquina, ya que superará al ser humano en su capacidad de pensar, cambiando así la estructura de la sociedad y del gobierno. Esto no es una conclusión exagerada ni una fantasía del que habla. Está ocurriendo ya, aunque tal vez ustedes no lo sepan. El ordenador posee una inteligencia mecánica; puede aprender e inventar. Hará que el trabajo humano sea casi innecesario, posiblemente reduciéndolo a dos horas diarias. Todos estos cambios llegarán. Quizá no les guste, quizá se rebelen contra eso, pero sucederá.

Jiddu Krishnamurti, *La madeja del pensamiento*, Saanen (Suiza), 14 de julio de 1981.

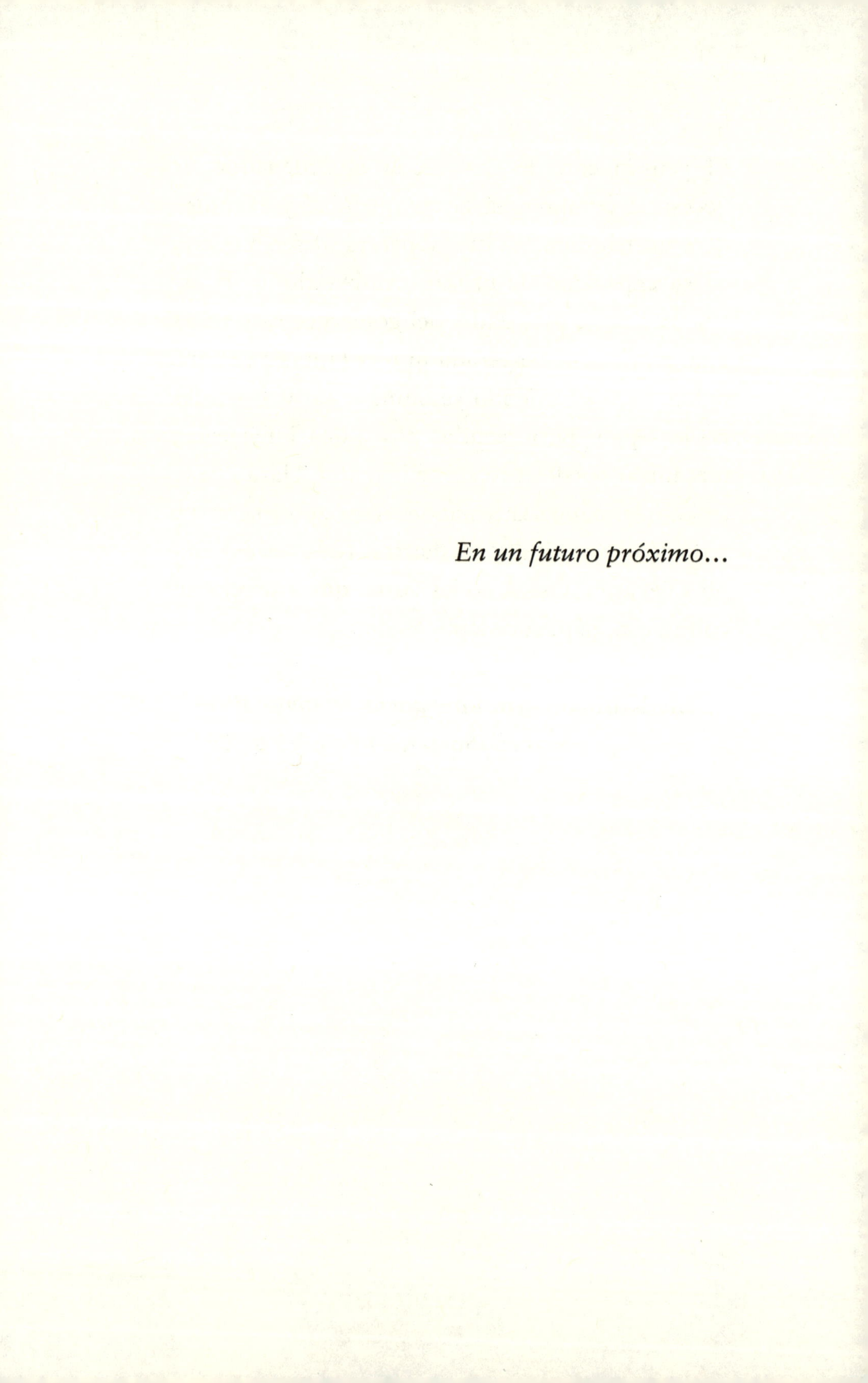

En un futuro próximo...

CAPÍTULO 1

VERDUGO DE LA CLASE OBRERA

1

Enzo despertó en la oscuridad, atado a una silla. Su mente estaba nublada por el dolor y la confusión. Un ligero zumbido eléctrico se escuchaba en medio del silencio. Abrió los ojos. No hubo cambios: todo continuaba envuelto en la misma oscuridad. Al mover los brazos, experimentaba un dolor agudo en las muñecas, y cada esfuerzo por liberarse provocaba que las cuerdas se hundieran más en su piel.

El aire tenía un olor extraño… desagradable, que recordaba al que producen algunos productos químicos, pero su mente, todavía un poco confusa, no podía comprenderlo. Cuando tragó, sintió la garganta seca y áspera como papel de lija. No sabía cuánto tiempo llevaba allí.

Un débil sonido eléctrico rompió el silencio. Era errático, intermitente; algo debía de estar estropeado en la máquina que lo generaba. El ruido surgía de la nada y, aun así, le daba la extraña ilusión de que la habitación estuviera viva y alerta.

Intentó ordenar sus recuerdos, pero solo eran fragmentos. El café sobre su mesa, un olor a quemado, un texto en la pantalla virtual. Nada tenía sentido. Recordó algo: una voz y luego todo terminó de repente, tan rápido como había empezado.

La silla en la que estaba sentado crujía cuando intentaba moverse. Era vieja, de madera, y las patas se tambaleaban un poco. Las cuerdas de sus muñecas se apretaron aún más por culpa de la tensión de todo su cuerpo, dañándole la piel. Sus tobillos también estaban atados y sujetos a las patas de la silla. Sus piernas empezaban a entumecerse por la postura rígida.

Respiró hondo y trató de calmarse.

De repente, oyó pasos.

—¿Hola? —Su voz era débil, apenas un susurro. Se aclaró la garganta y volvió a hablar—. ¿Quién está ahí?

No hubo respuesta. Dejó de escuchar los pasos y el silencio volvió a reinar. Escuchó cómo se abría y se cerraba una puerta. «Cálmate, piensa. ¿Dónde estoy?».

Una persona abrió la puerta. La habitación se iluminó con la luz de una lámpara de techo. No había ventanas, solo una gruesa puerta metálica. La silla de Enzo estaba colocada en el centro.

Y de repente se encontró cara a cara con su secuestrador.

2

Era fornido y ancho de hombros. Olía a sudor y a tabaco. No dijo nada al entrar. Cerró la puerta detrás de él con un golpe seco y se quedó mirándolo, quieto, durante lo que a Enzo le pareció una eternidad. Aquel silencio se hizo más insoportable que cualquier amenaza.

Después escupió en el suelo, a sus pies.

Solo entonces habló.

—Enzo Pujol.

No fue una pregunta. Fue una constatación. La voz era ronca, áspera.

Enzo intentó tragar. No tenía saliva.

—¿Quién…?

No pudo terminar. La bofetada le llegó con tanta fuerza que la silla se inclinó hacia un lado y estuvo a punto de caer. Le ardió la mejilla. Notó el sabor de la sangre dentro de la boca.

—¿Quién soy yo? —El hombre se inclinó sobre él, tan cerca que sintió su aliento caliente y agrio—. Eso te da igual a ti, ¿no? ¿A ti te ha importado alguna vez lo que nos pase?

Le cogió la cara entre los dedos, le apretó los pómulos hasta hacerle daño y le obligó a mirarlo.

—Vas a aprender lo que es el dolor.

Se enderezó. Empezó a caminar alrededor de la silla, despacio. A Enzo le llegaba el ruido de las botas y el sonido pesado de su respiración.

—Sabes por qué estás aquí. —No fue una pregunta—. Lo sabes perfectamente.

—No… no…

—Cállate.

Otro golpe. Esta vez en el costado, con el dorso de la mano. Enzo jadeó.

—No te he dicho que hablaras. Te he dicho que lo sabes. ¿O me vas a decir que no?

Enzo no respondió. El miedo lo paralizó. Cualquier cosa que dijera podía ser un error.

—Robots. —La palabra le salió como una arcada—. Algoritmos. Inteligencia artificial. Toda esa mierda que sale en la tele. —Se acercó otra vez, le cogió del pelo y le tiró de la cabeza hacia atrás—. ¿Sabes lo que eres tú, Pujol? Eres un verdugo. Un verdugo de la clase obrera. Eso es lo que eres.

Le soltó el pelo de un empujón.

—Ahí fuera hay gente que no come por vuestra culpa.

—Yo… —intentó Enzo—. Yo no soy responsable…

El golpe en el estómago le dejó sin aire. Se dobló sobre sí mismo todo lo que las cuerdas le permitieron. Tosió. Por un momento creyó que iba a vomitar.

—A mí no me engañas, Pujol. Te he visto en la pantalla, sonriendo, hablando como si tuvieras la solución. —La voz se le rompió un instante. Se recompuso—. Como si supieras de qué cojones hablas.

Le agarró la cara otra vez.

—Mírame.

Enzo abrió los ojos. Le costó. Lo que vio era un hombre roto.

—Aquí no hay tele, no hay público. —Le soltó la cara con un empujón. La cabeza le quedó colgando hacia un lado—. Aquí solo estamos tú y yo.

Se dio la vuelta y caminó hacia la puerta.

Antes de salir, sin volverse, dijo:

—Ahora vas a esperar y vas a pensar.

La puerta se cerró con el mismo golpe seco.

3

Llegó un momento en que su cuerpo dejó de obedecer. Sintió la vejiga ceder. El líquido caliente le empapó la entrepierna y le bajó por las piernas. Apretó los dientes. Cerró los ojos. No por la humillación, aunque también, sino por puro agotamiento.

Cuando volvió a oír los pasos en el pasillo, decidió hablar, intentarlo. No había otra cosa que pudiera hacer.

El hombre entró. Olfateó el aire. Vio el charco bajo la silla. No hizo ningún comentario. Eso fue peor que cualquier burla.

—Espera —dijo Enzo. La voz le salió ronca—. Por favor. Escúchame un momento.

El hombre se cruzó de brazos. No se movió.

—Yo… yo entiendo. Entiendo lo que estáis pasando. Sé que…

—Tú no entiendes nada.

Lo dijo sin levantar la voz. Pero la frase le cayó encima como una losa.

—Pero hay soluciones —continuó Enzo, atropellándose—. Hay formas. La renta básica. Formación. Si los gobiernos…

El bofetón le giró la cabeza. Le saltaron las lágrimas. Esta vez no podía reprimirlas.

—¿Renta básica? ¿Eso es lo que me vienes a contar tú a mí?

—Por favor…

—¿Renta básica? ¿Una limosna?

Otro golpe. Esta vez con el puño cerrado, en el pómulo. Enzo notó algo que se le movía dentro de la boca. Un diente.

—No te atrevas a venir a contarme tu cuento. No te atrevas, hijo de puta.

Le agarró del pelo. Le acercó la cara hasta que casi se rozaron.

—Yo no quiero una limosna, quiero trabajar. Pero ya no hay trabajo. Y cuando ya no hay trabajo, no hay nada. Tú no sabes lo que es eso. Tú no tienes ni puta idea de lo que es eso.

Le soltó el pelo. Le dio dos palmadas en la mejilla, casi suaves. Eso, por algún motivo, dio más miedo que cualquier puñetazo.

—Tú vives bien, Pujol. Tú con tu sueldo, tu piso, tu novia. Tú vas a la tele, dices unas cositas y te vas a casa contento. —La voz le subió de golpe—. ¡¿Qué cojones sabrás tú?!

Enzo no respondió. No había respuesta. Cualquier palabra iba a ser otra excusa, otro motivo de odio.

El hombre dio dos pasos atrás. Respiraba rápido. Tenía la cara roja.

—Voy a traer a mis amigos —dijo—. Esto se ha acabado.

Enzo tragó. Volvió el sabor metálico.

—Me has obligado tú —lo dijo casi como si se lo dijera a sí mismo—. Yo no quería llegar aquí. Pero me has obligado tú.

Salió.

4

Volvió con dos hombres. Llevaban pasamontañas. Se movían deprisa, sin hablar entre sí. Uno traía un trípode. El otro, una cámara pequeña. La colocaron frente a Enzo. El objetivo le apuntaba a la cara como un ojo negro.

—Vas a hablar.

El secuestrador se cruzó de brazos.

—Vas a leer lo que te diga. Y lo vas a leer bien. Que se te entienda.

Uno de los encapuchados sacó un papel doblado del bolsillo y se lo enseñó desde lejos. Enzo no alcanzó a leer las letras.

—Vas a decir que la culpa es vuestra. De los robots. De la IA. De gente como tú. Lo vas a decir tú, mirando a la cámara.

Enzo apretó los labios. Tenía la garganta ardiendo. No podía. No quería rendirse delante de aquel hombre.

—No.

Le salió un susurro.

—¿Qué?

—No lo voy a hacer.

El silencio que siguió fue más largo de lo que esperaba.

El secuestrador no se movió. Después soltó una risa breve. No de gracia. De cansancio.

—Cabrón.

Hizo un gesto con la cabeza al de la izquierda.

El primer puñetazo le dio en el estómago. Le quitó el aire. La silla crujió. Se le doblaron las piernas y la cabeza le cayó hacia delante. No podía respirar. El segundo le llegó en el ojo izquierdo. Sintió algo caliente bajándole por la mejilla.

—Parad.

El secuestrador levantó la mano.

—Que no se desmaye. Todavía no.

Enzo intentó levantar la cara. No pudo. La cabeza le pesaba demasiado. Tenía un ojo que no se le abría. La boca llena de sangre.

—¿Vas a leerlo?

Enzo intentó hablar. Le costó.

—No.

—¿Cómo?

—No.

El secuestrador soltó el aire por la nariz. Movió la cabeza, despacio, como un hombre que está perdiendo la paciencia consigo mismo.

—¡Déjame que le corte un dedo! —intervino uno de los encapuchados, eufórico—. Ya verás cómo habla.

—Espera.

El secuestrador se acercó. Se agachó hasta quedar a la altura de Enzo. Le habló casi al oído.

—¿De verdad te crees que tienes algo que ganar con esto? ¿De verdad? Cada vez que dices que no, me das otro motivo. Y tengo todo el tiempo del mundo, Pujol.

Enzo cerró los ojos. No dijo nada.

—Bien.

El secuestrador se levantó. Se alejó hacia la puerta. Antes de salir, miró a sus hombres y dijo, con un cansancio que no era teatro:

—Que aprenda.

Salieron. La cerradura giró. Y se quedó solo otra vez.

5

El suelo bajo la silla experimentó un leve temblor, y una vibración casi imperceptible se propagó por las paredes. Enzo abrió los ojos de forma gradual y su corazón se aceleró. Después, la sala se inundó de otro ruido: gritos. No se trataba de gritos desesperados, sino de un discurso rápido y nervioso, repleto de instrucciones y alertas. No tardaron en aparecer los ecos de los disparos; el ruido de metal resonaba en el pasillo y en las paredes. Enzo se puso rígido en la silla. Intentó moverse, pero estaba atrapado e indefenso.

Los gritos se acercaban cada vez más. En el caos, podía oír algunas frases.

—¡Lado izquierdo!

—¡Evacuar, evacuar, evacuar!

—¡El rehén está en la sala al final del pasillo!

Enzo se sorprendió al oír la última frase. «¿Rehén?». Algo parecido a la esperanza atravesó el miedo.

Los disparos se intensificaron. Detrás de la puerta de metal estallaba un enfrentamiento: una maraña de descargas, gritos y órdenes que se fundían en pura cacofonía. La adrenalina recorrió a Enzo y lo obligó a mantenerse alerta, pese al agotamiento. Forcejeó con las cuerdas que le sujetaban las muñecas; se le clavaban en la piel, pero no sentía dolor.

El sonido de unas botas corriendo resonó detrás de la puerta. Durante unos instantes, un inquietante silencio se apoderó del lugar. Cesaron los disparos y los gritos; solo escuchaba su rápida respiración. Se abrió la puerta.

—¡Hemos localizado el objetivo! —exclamó un hombre.

Antes de que pudiera comprender lo que ocurría, otro disparo retumbó en el pasillo.

Se acercó alguien con el rostro cubierto por una máscara táctica.

—Tranquilo. Vamos a sacarlo de aquí.

Enzo no logró responder. Más agentes uniformados entraron en la habitación.

—Cálmese, señor Pujol. Somos de la policía. Está a salvo —dijo uno de ellos.

Su cabeza, nublada por el dolor y la desorientación, no podía procesar las palabras. Solo era capaz de sentir cómo le cortaban las cuerdas de las muñecas y los tobillos, dejándole una sensación de quemazón y surcos dolorosos en la piel.

Enzo intentó moverse, pero su cuerpo no respondió de inmediato. Dos agentes le agarraron de los brazos y le levantaron con un movimiento rápido y firme. Cuando trató de dar un paso, su peso se desplomó sobre ellos.

—¡Evacuar ya! —ordenó alguien.

Enzo apenas podía concentrarse en nada. Todo a su alrededor era una fusión de sonido y luz, un caos mezclado con una bruma febril. A medida que los agentes lo llevaban al exterior, su cuerpo se desplazaba por inercia y él experimentaba la sensación de flotar.

Al atravesar la última puerta, la noche le envolvió. El contraste con el interior era abrumador. Enzo sintió el frío del aire nocturno en la piel. Los agentes lo condujeron a un furgón blindado con movimientos precisos y rápidos. Lo acomodaron, confirmaron que estaba en buen estado y cerraron la puerta.

En el interior del vehículo, los ruidos del exterior se habían reducido, pero en su cabeza continuaban resonando los ecos de lo que había sucedido. Podía escuchar la voz de uno de los agentes, pero le costaba entender lo que decía.

—Está en estado de *shock*. Ve directo al punto de encuentro.

El movimiento del coche al avanzar lo arrullaba con un ritmo hipnótico. Una voz de mujer le preguntó cómo se encontraba y él apenas pudo responder. Era la voz de una IA médica, que le estaba haciendo un escáner completo dentro del coche autónomo. Alguien le examinó las muñecas y le puso líquido desinfectante. Recordaría ese olor a agua oxigenada durante mucho tiempo.

El coche frenó de golpe y la puerta se abrió. Volvió a oír voces y alguien lo bajó. La luz del helicóptero le cegó, iluminándole como un foco implacable. Guiado por los agentes, sintió que el suelo desaparecía bajo sus pies. Todo le parecía una ilusión, un sueño delirante.

Lo subieron al helicóptero y el ruido ensordecedor de las aspas del rotor lo llenó todo.

Un pensamiento surgió de la confusión de su mente: había escapado.

CAPÍTULO 2

BAJO LOS FOCOS

1

Los titulares se multiplicaban por todas partes. Periódicos, cadenas de televisión y redes sociales repetían la misma noticia con variaciones: «Secuestro y rescate del defensor de la IA Enzo Pujol»; «Los luditas atacan: el símbolo del progreso en peligro»; «¿Héroe o villano? El futuro de la tecnología en debate tras el secuestro de Pujol». De la noche a la mañana, su nombre estaba en boca de todos.

El piso lucía impecable, idéntico al de antes. Pero las sombras le parecían más profundas; las ventanas, más vulnerables.

En la entrada del edificio montaban guardia dos agentes; otros patrullaban el perímetro, acompañados de varios robots policía. Al otro lado de la puerta se filtraban ruidos y voces ajenas, y Enzo se estremeció. Se acomodó en el sofá y pidió a Nexus, su asistente virtual, que proyectara un canal de noticias, aunque le costaba concentrarse en lo que decían.

Una periodista explicaba en una pantalla los detalles del secuestro. Su tono era serio, con la calculada emoción de las noticias sensacionalistas: «Enzo Pujol, conocido defensor de la inteligencia artificial y de la robótica, fue secuestrado por un grupo terrorista ludita. Fuentes cercanas al caso confirmaron que lo interrogaron y agredieron antes de ser rescatado en una operación de los GEO. La puesta en libertad de este científico ha vuelto a poner en discusión el tema de cómo la tecnología afecta a la sociedad. Mientras algunas personas consideran que es un héroe del progreso, otras creen que sus ideas podrían haber contribuido a empeorar las desigualdades».

Enzo pidió a Nexus que detuviera la transmisión y las imágenes holográficas desaparecieron. Cerró los ojos y se recostó. Las palabras de la periodista seguían grabadas en su mente, junto con los recuerdos de su secuestro. La expresión «verdugo de la clase obrera» no dejaba de resonar en su interior desde que había regresado a casa.

El auricular que siempre llevaba en el oído derecho le avisó de una llamada de Carmen. La aceptó con un gesto de su mano.

—¿Cómo te encuentras? —preguntó ella mostrando su preocupación.

—Estoy vivo. Creo que eso es ahora lo más importante.

—Pero no es lo único. —El tono de Carmen se endureció un poco—. Tienes que cuidarte. Todo… lo que ha pasado… No te lo guardes para ti.

Enzo cerró los ojos. Era difícil ignorar el miedo y la paranoia. Al cabo de unos segundos, murmuró:

—No sé qué hacer, Carmen. Todo esto… es más grande de lo que pensaba.

La conversación se detuvo cuando alguien llamó a la puerta. Enzo se puso rígido. Giró la cabeza hacia el ruido.

—¿Enzo? ¿Qué sucede? —preguntó Carmen al darse cuenta de que no le respondía.

—Nada.

Se puso de pie. Con todos los músculos tensos y listos, se dirigió hacia la puerta.

—¿Señor Pujol? —preguntó el guardaespaldas—. Solo quería informarle de que hemos comprobado el perímetro. Todo está bien, señor.

Enzo sintió cómo la tensión se disipaba.

—Gracias.

Volvió al sofá y siguió hablando con Carmen.

—Era un policía. No pasa nada.

Después de hablar unos minutos más, colgó.

Apoyó la espalda en el sofá y se encorvó bajo un peso invisible. El peligro había pasado. La amenaza, no.

Sonó el timbre de la puerta de nuevo.

2

Sabía quiénes eran antes de abrir; los esperaba. Aun así, le costó armarse de valor. Sus padres siempre habían sido un refugio. Después de todo lo ocurrido, le alegró verlos.

Abrió la puerta y allí estaban. María, su madre, lo miraba con esa mezcla suya de ternura y reproche callado. Llevaba el pelo negro revuelto sobre la cara, enmarcando los ojos oscuros. A su lado, Gerard ni siquiera trataba de disimular: dio un paso adelante y lo abrazó con fuerza.

—Por favor, hijo. —A su padre le temblaba la voz, en un registro que rara vez se permitía—. Nosotros... nos temimos lo peor...

Enzo les hizo un gesto para que entraran.

—No sé por qué sigues aquí solo, después de todo lo que ha pasado. —El tono de María era tranquilo, pero la preocupación lo traspasaba—. Esto ya no es seguro. Ni para ti ni para la gente que te rodea.

—No estoy solo.

Señaló hacia la entrada, donde aún había guardias.

—¿Tú crees? —María se cruzó de brazos—. A mí me parece que estás en peligro.

Gerard, que no había vuelto a hablar desde el abrazo, levantó la mano para pedir silencio.

—¡María, ya basta! —Se volvió hacia Enzo con una gravedad impropia de él—. No comparto todo lo que dice tu madre, pero tiene razón en una cosa: lo que haces es peligroso. Eso no significa que debas dejarlo, sino que tienes que prepararte para lo que venga. Los luditas nunca se rinden.

Enzo se sentó y se sujetó la frente. La presencia de sus padres lo reconfortaba; sus palabras, en cambio, solo le recordaban la carga que llevaba encima.

—Sé que es peligroso, pero no puedo dejarlo. Si lo hiciera, les daría la razón. Sería como admitir que tienen derecho a decidir cómo debe vivir toda la sociedad.

—¿Merece la pena sacrificar tu vida? No se trata solo de ti. ¿Y ahora qué? ¿Van a llamarme un día para decirme que estás muerto? —preguntó su madre.

La dureza de su tono le caló más hondo que cualquier argumento. Ella siempre había sido su crítica más exigente y, a la vez, su mayor sostén.

—No quiero preocuparte. —Por fin levantó la vista y se encontró con la de su madre—. Tampoco puedo rendirme. Si he hecho todo lo que he hecho, es porque creo que la tecnología puede mejorar nuestras vidas. No voy a dejar que el miedo me frene.

Gerard asintió. María suspiró y miró por la ventana.

—Entonces sé inteligente. No tienes por qué enfrentarte a esto solo. Usa la cabeza, como siempre. Protégete. Tu madre y yo no podemos con otro susto.

María volvió a mirarlo.

—Enzo, hay algo que quiero que sepas: por mucho que te sacrifiques, por mucho que creas en tus ideales, si sigues ignorando los riesgos y no haces nada para protegerte, acabarás muerto. Eso no es progreso. Es un sacrificio sin sentido.

Habló con ellos un rato más. Acabó agotado y les pidió que se marcharan.

Unas horas después salió a dar una vuelta. No quería que el piso se convirtiera en una celda. Le apetecía un café en la cafetería de la esquina, su preferida. Al salir, se fijó en una pintada en la fachada del edificio: «Enzo, esto no ha terminado». Junto a las letras, un símbolo: una diana.

3

El salón de Enzo era simple, funcional, diseñado para ajustarse a sus necesidades y estado emocional. Sobre la mesa de cristal, reposaba el dispositivo principal de Nexus, su asistente virtual: una esfera luminosa de color blanco mate. Desde ese punto, la IA controlaba todo el hogar.

Se sentó en un gran sofá color tierra. A su lado, una taza de café humeante desprendía un cálido aroma.

—Nexus, proyecta una película. Algo en la línea de *Interstellar*, pero diferente, más emotiva —pidió con voz distraída mientras sus dedos se paseaban por el borde de la taza.

—Por supuesto —respondió Nexus.

Su tono era comedido, con una calidez artificial: la cercanía estudiada de un viejo amigo.

La esfera empezó a brillar y, en un instante, la habitación desapareció de su vista. Una vasta galaxia se desplegó ante él. Estrellas brillantes, nebulosas de colores y planetas anillados se movían con suavidad, como flotando en el vacío del espacio.

La escena inicial lo dejó sin aliento. Nexus tomó elementos de la película favorita de Enzo, *Interstellar* —la inmensidad del espacio, el drama humano frente al universo infinito—, y los transformó en algo nuevo, fresco y familiar. Los personajes retratados mediante tecnología digital eran tan realistas que resultaban indistinguibles de una persona real; además, tenían características que coincidían con las preferencias del espectador.

Los ojos de la protagonista le recordaban a los de Carmen, su novia, pero esa actriz virtual no existía y solo él la veía.

A medida que la película fue avanzando, los pensamientos de Enzo fluyeron con ella, sin prestar mucha atención a los diálogos. Se dio cuenta de que estaban diseñados para atender a sus propios intereses y gustos.

Las vibraciones de los motores interestelares se escucharon en todo el salón. La tecnología de Nexus permitía que el sonido se oyera con precisión milimétrica. Incluso el sofá se adaptaba a la intensidad de la escena, imitando las ligeras vibraciones de una nave espacial al despegar.

En medio de la película, recordó un viejo cartel de cine. Lo había visto en una tienda de objetos antiguos de Barcelona algunos años atrás. Era una reliquia de una época en la que la gente se reunía para disfrutar de una experiencia colectiva. Aquellos días ya habían pasado. Ahora, cada película era una experiencia personalizada y a medida, creada con inteligencia artificial, que elaboraba historias únicas en tiempo real, estudiando patrones de comportamiento y gustos del espectador. Tu asistente personal tenía acceso a tus datos biométricos y podía crear una experiencia visual que se adaptara a cualquier estado de ánimo.

Mientras el astronauta ficticio luchaba por estabilizar su nave en la pantalla, Enzo se sumergía en profundas reflexiones. Se había pasado toda su vida apoyando esa tecnología, a pesar de la enérgica resistencia de quienes temían sus efectos. Mientras veía esa película producida por Nexus, lo invadió una sensación de vacío. Le parecía que la creatividad humana, ese brillo confuso e inexplicable, se había abandonado por una aséptica perfección.

Los personajes de la película luchaban por sobrevivir en un planeta lejano rodeados por un mar infinito. Olas realistas parecían inundar el suelo del salón, proyectando inquietantes reflejos en el rostro de Enzo, en una visión emocionante y seductora.

Cerró los ojos. Las palabras de un antiguo amigo, productor de cine que ahora trabajaba para una empresa de alta tecnología, resonaron en su mente: «Las películas ya no cuentan historias, Enzo. Ahora, solo nos cuentan lo que queremos oír».

La nave de la pantalla viajaba a velocidades increíbles y se destruía poco a poco mientras la tripulación intentaba enviar un último mensaje a la humanidad. La escena estaba diseñada para mostrar una sutil mezcla de heroísmo y tragedia. Enzo sintió una opresión en el pecho y cómo sus ojos se humedecían.

Entonces todo terminó.

—¿Te ha gustado la película? —preguntó Nexus.

No contestó al principio. Se cubrió la cara con las manos. Quería deshacerse de las imágenes. Al final, con una extraña mezcla de nostalgia y resentimiento, dijo:

—Lo has hecho bien, quizás demasiado…

Se puso de pie, dejó su taza de café frío sobre la mesa y se acercó a la ventana. Vio su rostro reflejado en ella. Pasó la mano por el cristal. Por un instante anheló volver a una época en la que las películas eran tan imperfectas como las personas.

4

El estudio estaba iluminado con precisión quirúrgica, pensado para proyectar seriedad y confianza. Las cámaras, colocadas de forma estratégica, parecían ojos omniscientes que todo lo observaban. Enzo Pujol, sentado en un sillón con las manos sobre las rodillas, tenía enfrente a una conocida periodista, famosa por su estilo incisivo, quien le dirigía una sonrisa forzada.

Tras infinidad de peticiones de medios de todo el mundo, había accedido a esa entrevista. Sus allegados le habían dado consejos contradictorios: unos le habían pedido que mantuviera la boca cerrada para calmar los ánimos, mientras que otros habían argumentado que era una gran oportunidad para dar a conocer sus ideas. Al final, Enzo decidió que no podía permanecer callado. Lo ocurrido exigía una respuesta.

La periodista le hizo la primera pregunta cuando el piloto de la cámara se puso en rojo.

—En primer lugar, quiero agradecerle su presencia hoy aquí. Sé que estos últimos días han sido difíciles para usted y su familia.

—Gracias por invitarme.

—Empecemos por lo básico. ¿Cómo se encuentra? ¿Cómo ha sido regresar a su rutina diaria después de un secuestro?

—Es difícil. Volver a casa después de algo así es… no es algo común… pero ya me siento bien.

—Muchos lo ven a usted como uno de los culpables de lo que ellos consideran un grave problema. ¿Qué les diría a esas personas?

Apoyó las manos en las rodillas y notó que su respiración se ralentizaba mientras recapacitaba.

—En primer lugar, quisiera decir que comprendo sus preocupaciones. Sería un error ignorar el impacto negativo que estos avances han tenido. La automatización ha destruido puestos de trabajo. La privacidad se ha convertido en un lujo, pero... —Hizo una breve pausa para enfatizar el momento— la IA es una herramienta, igual que el fuego o la electricidad. Lo que importa es cómo la usamos. Necesitamos que sus beneficios lleguen a toda la sociedad, no solo a unos pocos privilegiados.

—Señor Pujol, ¿no cree que es demasiado fácil decir eso? Familias enteras han perdido su medio de vida. Algunos sostienen que la transición hacia un futuro tecnológico debería haber sido más humana. Como defensor de estas tecnologías, ¿qué responsabilidad tiene usted en ese sufrimiento?

A Enzo le sorprendió la pregunta, a pesar de estar preparado para ella.

—La transición se ha hecho mal. Como partidario de la IA, asumo parte de la culpa. No porque la tecnología sea mala, sino porque quienes la desarrollamos y promovemos no siempre hemos sopesado sus consecuencias sociales. Pero eso no significa que tengamos que retroceder: significa que debemos hacerlo mejor. Hay que aplicar medidas como la renta básica universal y reformar la educación para que los parados puedan reciclarse.

—¿Qué opina de la prohibición de robots domésticos en toda la UE? En Japón y otros países son habituales; aquí solo se permiten en la industria o como auxiliares en tareas concretas: vigilancia, limpieza y poco más.

—Me parece que es inevitable que acaben llegando. Entiendo la preocupación de las autoridades con esta cuestión. Permitir robots en las casas de la gente corriente puede generar muchos problemas, si bien es algo que se está estudiando para hacerlo con la mayor seguridad posible.

—Hablemos de los luditas que le secuestraron. Le acusan de ser un «verdugo de la clase obrera», tal como hemos podido leer en su declaración a la policía. ¿Cómo responde a esta acusación?

Al oír estas palabras, Enzo sintió una punzada de rabia.

—La verdad es que esa expresión me persigue desde que la oí por primera vez. Es una acusación dura, pero creo que refleja un dolor legítimo. Permítanme aclarar una cosa: no soy su enemigo. La tecnología no es su enemiga. La desigualdad, la falta de empatía con los que más sufren… esos son los verdaderos problemas; y no podemos resolverlos destruyendo las herramientas que nos ayudan a superarlos.

—¿Cree que habrá más ataques contra usted? ¿Está preparado para lo que pueda ocurrir?

—Espero que no. Es ingenuo pensar que este es el final. Hay demasiados problemas. Muchos creen que la tecnología es una amenaza y harán cualquier cosa para detenerla. Y yo… sigo defendiendo aquello en lo que creo. No porque sea fácil, sino porque sé que es lo correcto.

La periodista miró directamente a la cámara.

—Enzo Pujol, un hombre en el centro de la tormenta decidido a no rendirse. Seguiremos contándoles cómo se desarrolla esta historia.

5

La sala estaba llena. Enzo subió al escenario con el micrófono ya enganchado a la solapa. Las luces le daban en la cara y el público quedaba al otro lado, en penumbra. Solo distinguía la primera fila.

Empezó. La automatización como herramienta, las tareas repetitivas, las nuevas oportunidades. Lo había dicho cien veces. La voz le salía bien.

Llevaba ocho minutos cuando ocurrió.

—¡Has vendido nuestras vidas a las máquinas!

La voz venía de la mitad de la sala. Enzo paró.

Se levantó un hombre dos filas más adelante. Hablaba sin micrófono, pero tenía buena voz.

—¡Diles cuántos hay en mi pueblo sin trabajo!

Vio a dos personas con pinganillo del cuerpo de seguridad moviéndose hacia el alborotador.

—Si quieren, podemos hablar —dijo al micrófono. Le salió firme, pero sabía que era una frase. Una de las suyas—. Estoy dispuesto a escucharles.

—Cuando cerró la fábrica, cuando me echaron a los cincuenta y dos, cuando mi hijo se fue al extranjero, nadie escuchó. Y ahora dice usted que está dispuesto. ¿Sabe lo que se siente?

Enzo abrió la boca.

—Cabreo —dijo el hombre—. Mucho cabreo.

Los dos guardias llegaron a su altura. Le sujetaron por los brazos y lo llevaron hacia la salida. El hombre no se resistió. Tampoco bajó la cabeza.

Enzo se quedó parado en el centro del escenario, con la mano en el atril. Cinco segundos. Diez. Sabía que tenía que decir algo. La sala esperaba.

Carraspeó.

—Continúo, si me permiten.

Volvió al guion. Su voz salía con un retraso de medio segundo respecto a su cabeza, como si lo estuviera escuchando otra persona. Habló de la formación, del ingreso mínimo, del compromiso con los sindicatos. Dijo lo correcto, sin saltarse nada. Cuando terminó, hubo un tímido aplauso.

Bajó del escenario.

En el coche, con dos escoltas delante, apoyó la cabeza en el respaldo. Cerró los ojos. Un golpe contra el cristal trasero le hizo dar un bote.

6

Algún manifestante le había tirado algo pesado. El cristal se astilló, pero no se rompió. Le pidió al coche que lo llevara a casa.

El lunes por la tarde, el piso estaba bañado por la luz del sol. Llevaba toda la mañana intentando trabajar y no había escrito una línea.

Un pitido en su oído.

—Llamada entrante. Despacho de la ministra de Ciencia e Innovación.

Enzo se sentó.

—Pásemela.

—Señor Pujol. Soy Elvira Villanueva.

—Ministra.

—¿Le interrumpo?

—No.

—Bien. Voy al asunto, si le parece, porque tengo poco tiempo. El presidente quiere reunirse con usted esta semana. Antes me ha pedido que le tantee. ¿Le importa que sea directa?

—Por favor.

—Vamos a crear una Secretaría de Estado de Inteligencia Artificial y Robótica. Un cargo nuevo. Necesitamos a alguien que sepa de lo que habla, que tenga visibilidad pública, y que el sector tecnológico respete. Es una lista corta. Usted está en ella.

Enzo no contestó enseguida.

—¿Por qué yo?

—Por lo que acabo de decir.

—Eso no es lo que le he preguntado.

Pequeña pausa al otro lado.

—De acuerdo. Porque acaba de salir de un secuestro y eso le ha dado una visibilidad que no se compra con campañas. Y porque cuando le pregunte un periodista si está dispuesto a hablar con quien le quiere muerto, usted va a contestar que sí. Eso, ahora mismo, vale mucho.

—Entonces me quieren ustedes como pararrayos.

—También.

Enzo no esperaba esa contestación. Se sorprendió y se sintió, a la vez, inesperadamente respetado.

—Voy a serle sincero —dijo—. Una parte importante del país no está dispuesta a aceptar nada de lo que yo proponga.

—Es cierto.

—¿Eso es todo lo que tiene que decirme?

—Es lo único honesto que puedo decirle por teléfono. Si quiere venir el jueves a Madrid y hablar con el presidente, dígamelo.

Enzo se levantó. Se acercó a la ventana sin saber por qué. Barcelona seguía ahí, con su tráfico de las seis.

—¿Cuándo necesita la respuesta?

—Para el jueves me sirve. Pero piénselo esta noche, no la semana entera. Si lo piensa demasiado, no va a aceptarlo.

—Eso último también es bastante directo.

—Llevo veinte años en esto, señor Pujol.

Enzo casi sonrió.

—La llamo mañana.

—Antes de las once.

Colgó ella. No se despidió.

CAPÍTULO 3
A LA SOMBRA DEL PODER

1

El presidente José Ángel Carrascosa era un hombre bajito, y su rostro barbudo, con gafas de pasta azul, no era agraciado. A pesar de ello, su aspecto, su mirada penetrante y su voz un tanto aflautada le conferían una gran personalidad. Estaba junto a la ventana cuando Enzo entró, de espaldas, mirando algo en el patio. No se volvió enseguida.

—Pase, Pujol. Siéntese.

Enzo se sentó. La ministra Villanueva ya estaba al otro lado de la mesa, con una carpeta cerrada delante. No la había abierto. Enzo había pasado la noche puliendo el memorándum que contenía, y comprendió, casi sin querer, que nadie lo iba a leer entero.

Carrascosa se sentó al fin. Apoyó las manos cruzadas sobre la mesa.

—He leído su informe.

—Gracias, señor presidente.

Creía que no era cierto, pero no dijo nada.

—Lo importante. ¿Qué necesita usted del Gobierno?

Enzo abrió la boca. Por un momento se le quedaron dentro las tres páginas de introducción que llevaba ensayadas.

—Tiempo —dijo—. Y un compromiso público.

—Eso lo quiere todo el mundo —murmuró Villanueva, sin levantar la vista de su carpeta.

Carrascosa la miró un segundo. No dijo nada. Volvió a Enzo.

—Continúe.

—La transición a una economía automatizada va a ocurrir, señor presidente. Está ocurriendo. La pregunta no es si la frenamos. Es qué hacemos con la gente que se queda fuera mientras la atravesamos. Y para eso hace falta una red.

—Renta básica universal —dijo Villanueva. Esta vez sí levantó la vista. Lo dijo como quien nombra una enfermedad.

—Entre otras cosas, sí.

Villanueva soltó un sonido pequeño por la nariz. Se inclinó hacia adelante.

—Señor Pujol. Llevamos años estudiando eso en Bruselas. Años. La idea es bonita. El problema es que para pagarla habría que subir los impuestos a niveles que ya hoy están echando a la gente del país. ¿Quiere que se lo diga claro? Está pasando esta semana. Dos grandes empresas se han ido a Lisboa en los últimos diez días. Y le estoy hablando de empresas, no de fondos.

—Lo sé.

—No, no creo que lo sepa. Sé que es científico. Sabe muchas cosas que yo no sé. Pero lo que pasa cuando un Gobierno anuncia una RBU sin haberla coordinado con su entorno…
—Se interrumpió. Miró a Carrascosa un instante, y luego volvió—. No funciona. Punto.

—No estoy proponiendo anunciarla mañana.

—Entonces, ¿qué propone?

Enzo notó la mano derecha cerrada bajo la mesa. La abrió.

—Empezar por los más golpeados. Llámelo ingreso mínimo, llámelo como quiera. Y en paralelo, formación con trabajo garantizada al final del proceso. Si reciclamos a un soldador y luego no tiene a dónde ir, lo hemos engañado dos veces.

Villanueva no respondió enseguida. Carrascosa apuntó algo en una hoja con un lápiz pequeño.

—¿Y los sindicatos? —preguntó el presidente, sin levantar la vista.

—Habrá que sentarse. Calendario negociado, no impuesto.

—Eso lo va a oír usted decir muchas veces aquí dentro —dijo Villanueva—. Y siempre acaba igual: en manifestaciones.

—Puede.

Hubo un silencio. Carrascosa terminó de escribir lo que estuviera escribiendo. Dejó el lápiz alineado con el borde de la hoja.

—Pujol, una parte importante del país no le va a creer aunque tenga usted razón. ¿Cómo piensa hablar con esa gente?

—Apuntando en una libreta lo que necesiten.

Villanueva soltó un resoplido que pretendía ser una risa.

Carrascosa se permitió una pequeña sonrisa, de medio lado, que duró menos de un segundo. Se puso de pie y le tendió la mano.

—Vamos a estudiarlo.

Enzo se levantó también. Le estrechó la mano. Cuando se volvió hacia Villanueva, ella ya estaba recogiendo la carpeta cerrada. No lo miró.

Salió al pasillo y caminó deprisa, casi sin querer. No había convencido a nadie. Pero por primera vez en meses, había sentido que se le escuchaba en el sitio donde se decide.

2

Enzo llevaba una hora delante de la pantalla sin escribir una línea. Le había pedido a Nexus que le leyera sus notas y no había retenido ni una palabra. En cuanto cerraba los ojos volvía la voz del hombre del sótano. Los abría, y el piso que siempre había sido su santuario, con sus maquetas alineadas como trofeos, le devolvía algo que no reconocía.

Carmen había llegado hacía rato. Olió el café antes de verla. Entró con dos tazas, dejó una frente a él y se quedó de pie.

—¿Has podido trabajar?

—No mucho.

Ella no se sentó. Daba vueltas a su taza sin probarla.

—¿Sabes cuánto hace que no me preguntas cómo estoy? No qué tal el día, no si he cenado. Cómo estoy yo.

Enzo levantó la vista.

—Carmen, ahora mismo tengo la cabeza…

—Llevo tres años siendo el segundo plato.

Dejó la taza en el borde de la mesa.

—Te hablo y estás pensando en otra cosa. Te abrazo y noto que tienes la cabeza en otro lado. Estoy cansada de competir con tus robots y perder siempre.

—No es eso. Sabes lo que significa para mí lo que hacemos. No puedo dejarlo ahora, no con todo lo que hay en juego.

Carmen tardó en contestar.

—Siempre hay algo en juego. Y nunca soy yo. —Lo dijo sin rabia, casi con pena—. Te he visto dejarlo todo por tu trabajo: las vacaciones, las cenas, los planes que hacíamos y se caían a última hora. Por mí no has renunciado a nada, ni una vez.

Enzo abrió la boca. Tenía respuestas, todas buenas, todas inútiles. Las dejó ir. Se levantó y fue hasta la ventana.

—No sé qué decirte.

—Por fin algo verdadero.

Recogió su abrigo del respaldo, con el gesto del que ya ha decidido hace días y solo le faltaba decirlo en voz alta.

—¿Qué vas a hacer, Enzo?

La pregunta se quedó flotando en el comedor. Cuando él se volvió, la puerta ya se había cerrado y el café de Carmen seguía intacto sobre la mesa.

3

Un plató central iluminado, un decorado minimalista y dos butacas enfrentadas con una mesa de cristal entre ambas: ese era el escenario del debate. En el centro estaba el espacio reservado para el presentador. Sobre la mesa había dos cronómetros que indicaban el tiempo utilizado por cada participante. A pesar del carácter en apariencia neutro de la sala, el ambiente estaba lleno de tensión incluso antes de que empezara el programa.

Enzo llegó pronto, acompañado por varios miembros de su equipo de seguridad, pero insistió en entrar solo en el plató. Se sentó en una silla, respiró hondo e intentó calmar la tensión que iba en aumento frente a Rafael Gallego, el hombre que había pasado de ser un desconocido profesor universitario a líder carismático de un movimiento de resistencia contra la tecnología.

Cuando llegó Rafael, la energía del plató cambió. Era alto y corpulento, con una presencia imponente. Vestía una chaqueta de cuero y una camiseta con la frase «Humanos primero» y con el logotipo del movimiento ludita: un puño cerrado dentro de un engranaje. Su rostro era duro, lo que demostraba que llevaba muchos años luchando en las calles y en los medios de comunicación. Saludó al presentador y se sentó frente a Enzo.

—Bienvenidos a este cara a cara —dijo el periodista—. Esta noche se celebra un debate que refleja una de las divisiones más profundas de nuestro tiempo. Por un lado, tenemos a Enzo Pujol, defensor de la inteligencia artificial y secretario de Estado en temas tecnológicos; por el otro, a Rafael Gallego, uno de los líderes más conocidos del movimiento ludita en España. Ambos tienen posiciones opuestas en este debate sobre el impacto de la tecnología en la sociedad: ¿es la IA una amenaza o una oportunidad? Señor Gallego, comience usted, por favor.

—La IA y los robots no solo quitan empleos, amenazan nuestra dignidad. —Rafael habló sin alzar la voz, mirando al público, no a Enzo—. Han arrasado industrias enteras. Han dejado a familias en la calle. Y hay algo peor: nos están quitando aquello para lo que servíamos. Si lo hacen todo ellas, ¿qué nos queda?

Murmullos. Algún aplauso aislado. Enzo notó el cronómetro arrancando con su nombre encima.

—Señor Pujol.

—Gracias. —Buscó la cámara, se corrigió hacia el moderador—. Comprendo ese miedo. La tecnología no es buena ni mala en sí misma. Es una...

—Es mala para los que ya no comen —lo cortó Rafael, sin levantar la vista.

—Señor Gallego, espere su turno —intervino el presentador.

—Disculpe.

Enzo lo intentó otra vez.

—La IA es una herramienta. Como el fue...

—Señor Pujol —volvió Rafael—, ¿ha estado usted en Linares en los últimos seis meses? ¿En Avilés?

—Señor Gallego... —el presentador subió la voz.

—Es una pregunta sencilla.

Enzo dudó. Lo notó él mismo, y lo notó el plató: dudó demasiado.

—Personalmente no. Pero mi equipo...

—Su equipo. —Rafael asintió despacio. Se volvió hacia el público—. Su equipo.

Risa breve, no del todo amistosa. Enzo se oyó la propia respiración.

—Señor Pujol, su propuesta concreta —el presentador trataba de reconducir—. Treinta segundos.

—Formación con trabajo al final del proceso. Ingreso mínimo durante el reciclaje. Calendario negociado con los sindicatos.

—Eso lleva años defendiéndolo el Gobierno y no llega.

—Llega tarde. Lo admito.

Algo se desplazó. Algo pequeño. El presentador lo notó también, lo aprovechó.

—Señor Gallego: una pregunta directa. ¿Dónde está la línea que no se debe cruzar?

Rafael se tomó su tiempo.

—Donde una máquina sustituya a un humano.

—¿Y si esa planta ya no es competitiva? —Enzo se inclinó hacia delante. Por primera vez su voz salió sin texto preparado—. ¿La cerramos entera, mil empleos, antes que automatizar y conservar quinientos?

—Quinientos no son mil.

—Cien son más que cero.

—Eso —dijo Rafael, mirándolo a la cara por primera vez en toda la noche— es lo que diría un contable, no un padre.

Aplauso. Largo, esta vez. Enzo no sostuvo la expresión. Bajó los ojos al cronómetro un instante, lo justo para que se viera.

El programa terminó. El presentador agradeció a los dos invitados su presencia. Se dieron la mano. La de Rafael estaba seca.

4

Se despertó antes de la alarma. La cama seguía sin parecerle suya.

—Nexus, ¿qué hay hoy?

—Manifestaciones convocadas en doce ciudades. La de Madrid, prevista a las seis de la tarde, frente al Ministerio. La organización ludita estima ciento ochenta mil personas. La policía baraja entre cien y ciento veinticinco mil.

Se acercó a la ventana y descorrió un palmo de cortina. Velázquez estaba aún tranquila a esa hora; pero ya pasaban grupos pequeños hacia el centro, con banderas verdes y blancas plegadas sobre el hombro, como quien va al trabajo.

Se vistió. Aún no había contestado a Carmen, que la noche anterior le había mandado dos mensajes que él había leído sin responder.

A media tarde le sobresaltó el timbre. Era el responsable de su escolta.

—Señor secretario, la concentración va a pasar a tres calles de aquí. Si quiere, podemos llevarle a un lugar seguro, hasta que termine.

—No, gracias.

—Como prefiera.

Cuando se quedó solo, Enzo descolgó el móvil. Marcó a Carmen. Saltó el buzón. No dejó mensaje.

Se sentó al escritorio. Abrió el borrador de un artículo que llevaba tres días sin tocar. Lo cerró sin leer una línea.

A las seis y veinte, una explosión sorda hizo vibrar los cristales. Lejana, hacia el centro.

Nexus se adelantó.

—Detonación registrada en Nuevos Ministerios. Información preliminar: artefacto contra un autobús del cuerpo de seguridad. Sin víctimas confirmadas todavía.

Enzo no se movió de la silla. Cogió el móvil y llamó a Villanueva.

5

Murieron dos personas. El conductor del autobús, que estaba dentro antes del relevo, y un guardia que pasaba a tres metros del vehículo.

A la mañana siguiente, a las once y veinte, Enzo entró por la puerta lateral de la Moncloa.

La sala era pequeña. Una mesa rectangular, ocho sillas, una pantalla apagada al fondo. Ya estaba sentado Hernández, el ministro del Interior. Villanueva entró un minuto después que él. No lo saludó. Se sentó enfrente, con un dosier que no abrió.

El presidente llegó el último. La camisa la llevaba arrugada en el cuello, como si se hubiera vestido deprisa.

—Buenos días a todos. Hernández, ¿qué tenemos?

—Dos muertos. Artefacto colocado debajo del autobús durante el cambio de turno.

—¿Reivindicación?

—A las nueve y diez, en un canal de Telegram. Son los luditas. No hemos identificado quién.

—¿Los identificaremos?

—No lo creo.

El presidente se quedó callado. Se pasó la mano por la cara.

—Vamos a tener que hacer una declaración. ¿Qué les digo a los que dicen que esto pasa porque el Gobierno no escucha?

Silencio.

—Pujol.

Enzo tardó un segundo en darse cuenta de que le hablaba a él.

—Dígame.

—¿Qué me recomienda usted?

Enzo no contestó enseguida. Notó el peso de las miradas, también la de Villanueva.

—No lo sé, señor presidente.

—Algo tendrá.

—Hay que intentar conectar con los luditas, darles a entender que comprendemos su frustración y dolor.

Hernández golpeó la mesa con el puño.

—Lo que está diciendo Pujol es que les demos la razón a los que ponen bombas.

—No es lo que estoy diciendo.

—Es lo que se va a interpretar.

El presidente intervino.

—Hernández…

—Señor presidente.

—Le he preguntado yo. Déjeme escuchar.

Villanueva, que hasta entonces no había hablado, levantó dos dedos.

—Creo que Pujol tiene razón. Si no logramos conectar con los luditas va a haber más atentados como este.

El presidente ya no quiso escuchar nada más.

—Eso es todo. Gracias.

6

Carmen llevaba semanas distante: respondía a los mensajes con monosílabos y evitaba las llamadas largas. Enzo lo notaba. No sabía cómo afrontarlo. Ese fin de semana había ido a verla a Barcelona.

—¿Dónde has estado?

—Caminando.

—Una hora.

—Necesitaba pensar.

Carmen no respondió. Volvió al salón. Tenía una taza de café entre las dos manos. No bebía.

Enzo se quedó de pie. Su bolsa de fin de semana seguía junto a la puerta, donde la había dejado el viernes.

—No sé si puedo seguir haciendo esto —dijo Carmen, sin mirarlo.

—Es un bache. Lo superaremos.

—¿Tú te has oído?

—Carmen…

—No, es que ya me da igual lo que digas. Me da igual.

Hubo un silencio. Algo en la calle, abajo. Un coche. Un grito lejano. Una sirena.

—¿Y yo? Lo importante es la IA, los luditas, el ministerio. Yo… no sé qué soy para ti.

—Eres lo más importante.

—No es verdad. No te lo crees ni tú.

Enzo no contestó.

Carmen apartó la taza unos centímetros. La miró como si fuera una pieza ajena.

—No te culpo, Enzo. De verdad que no te culpo. Pero estoy cansada. Llevo cansada desde antes del secuestro. Y ya no me queda…

Se detuvo. No terminó la frase.

Enzo dio un paso hacia ella. Se detuvo también.

—No quiero perderte.

Se quedaron mirándose. Ninguno de los dos lloraba. A Enzo le pareció peor que cualquier llanto.

—Vete a Madrid —dijo ella al fin—. No quiero que duermas aquí. Se acabó. Hemos terminado.

Enzo asintió. La cabeza se movió sola.

Cogió la bolsa de la entrada. La cremallera estaba abierta porque no había llegado a deshacerla. Se le cayó al suelo una camisa. Se agachó, la metió, cerró la cremallera. Esos diez segundos fueron lo más largo de la conversación. Dejó las llaves del piso en la mesa antes de salir.

En la puerta se volvió.

—Carmen.

Ella no levantó la vista.

Salió. La puerta se cerró con su propio peso. Bajó los tres pisos a pie, desorientado. No se dio cuenta de que había ascensor.

7

El artículo se publicó el lunes por la mañana en uno de los diarios de mayor impacto del país. El titular era una pregunta retórica: «¿Es Pujol el verdugo de la clase obrera?». Debajo, una foto suya en Ginebra, en mitad de un gesto que parecía altanero porque alguien había sabido elegir el fotograma exacto. El subtítulo: «Los defensores de la IA minimizan el sufrimiento de los trabajadores despedidos».

Enzo lo abrió en el despacho del ministerio. Lo leyó hasta el final.

El periodista había usado dos frases reales suyas, pronunciadas en una conferencia técnica en Ginebra dos meses antes, y las había utilizado de forma descontextualizada cambiando el sentido. Además, una cita era inventada: «El trabajador que no se adapta merece ser víctima del progreso». Esa frase no la había dicho nunca. Pero el resto del artículo estaba construido para que pareciera plausible que sí.

La frase «verdugo de la clase obrera» se desprendió del titular y comenzó su vida propia. A las once y media ya era *trending*.

Llamó la ministra.

—¿Lo has leído?

—Sí.

—¿Has dicho tú esa frase?

—No.

—Desmiéntelo delante de una cámara hoy mismo.

—Elvira.

—Hoy, Enzo. Mañana ya no sirve.

Colgó. No se despidió. No hacía falta.

Esa misma tarde, en un plató pequeño de un canal de noticias, un periodista al que el ministerio consideraba serio le hizo la primera pregunta antes incluso de que las luces se acabaran de ajustar.

—Empecemos por lo más sencillo. ¿Dijo usted, o no, que el trabajador que no se adapta merece ser víctima del progreso?

—No lo dije.

—¿En ningún sitio?

—No.

—¿Y la frase «el progreso no espera a nadie»?

—Esa sí.

El periodista esperó. No rellenó el silencio.

—La dije en una conferencia técnica en Ginebra —continuó Enzo—. En un párrafo en el que estaba hablando de coordinación entre países. No estaba hablando de trabajadores.

—Pero la frase, sola, suena como suena.

—Sí.

—¿Asume entonces alguna responsabilidad por cómo se ha entendido?

Enzo dudó. Era una buena pregunta. Era la que su equipo le había avisado que no asumiera, porque «asumir» en televisión se traduce en titular al día siguiente.

—Si una frase mía permite ese titular, la frase está mal escogida. Eso lo asumo.

El periodista asintió una vez. Pasó al siguiente bloque.

—Hablemos de los trabajadores. A la gente que está perdiendo el empleo en este momento, ¿qué les diría?

—Que estamos intentando que el progreso tecnológico sea bueno para todos.

La entrevista duró veintiséis minutos.

A las once de la noche, Enzo seguía en el ministerio. Su jefe de comunicación entró.

—Ha funcionado. A medias.

—¿Qué quiere decir a medias?

—Ha bajado la temperatura. La frase del titular sigue circulando, pero ya con dudas. Hay gente que dice que al menos has dado la cara.

Enzo asintió.

La cita inventada que nunca había dicho iba a perseguirle el resto de su vida pública.

CAPÍTULO 4

SANGRE EN LAS CALLES

1

El coche se detuvo a la entrada de un polígono industrial a las afueras de Tarragona. Cuando Enzo bajó, el aire olía a metal frío y a algo quemado que no supo identificar. Las naves se sucedían a ambos lados de la calle como dientes torcidos: persianas metálicas bajadas, ventanas rotas, pintadas. Una decía «AQUÍ TRABAJABAN 800 PERSONAS». Otra, más reciente, en rojo: «PUJOL VENDIDO». Hasta hacía dos años, miles de obreros entraban y salían cada mañana de aquellas fábricas. Ahora la calle estaba casi vacía.

Un pequeño grupo lo esperaba en la puerta del antiguo centro social del barrio: dirigentes vecinales, dos antiguos sindicalistas que reconoció por las fotos de los informes, y una docena de rostros anónimos en silencio. Enzo se ajustó la corbata. El gesto, automático, le pareció de pronto fuera de lugar; se la aflojó.

Villanueva había insistido en que la visita era importante, una oportunidad para «humanizar el diálogo» y demostrar que no eran enemigos. Al cruzar el umbral, en medio de un murmullo tenso, Enzo se sintió como un extraño que se ha colado en un velatorio.

El interior estaba peor que la fachada. Paredes desconchadas, fluorescentes parpadeantes, un círculo improvisado de sillas de plástico. Olía a humedad. Alguien tosió al fondo, una tos vieja, de fumador. Enzo se sentó frente al grupo y esperó.

La primera en hablar fue una mujer mayor, con el pelo recogido en un moño tirante. Tenía las manos apoyadas en el regazo, gruesas, con los nudillos hinchados.

—¿Ha venido a explicarnos por qué las máquinas son más importantes que nuestras familias?

—He venido a escuchar —respondió Enzo—. Y a ver qué puede hacer el Gobierno por ustedes.

Un hombre joven, sentado dos sillas más allá, soltó una risa seca.

—«El Gobierno». Hace dos años el Gobierno nos dijo que la automatización iba a crear empleo. —Se levantó. Era flaco, llevaba una camisa vieja a cuadros—. Diez años en esta fábrica. Conocía cada máquina por su ruido. Un viernes nos llamaron al comedor y nos dijeron que el lunes no hacía falta que viniéramos.

Se calló. No se sentó.

—Lo que le pasó es doloroso y no voy a fingir lo contrario —dijo Enzo—. La automatización ha ido demasiado rápido en muchos sectores. Frenarla en un solo país no está en nuestra mano. Ayudar a la gente que se ha quedado fuera, sí lo está.

—¿Ayudarnos cómo? —La voz vino de su izquierda. Un hombre calvo, con gafas de montura gruesa—. Tengo cincuenta y ocho. Toda mi vida en la fábrica. Dígame qué es eso de las nuevas oportunidades. ¿Qué hago, me pongo a aprender robótica con cincuenta y ocho años? No quiero cambiar de profesión. Quiero el trabajo que tenía.

—No puedo devolvérselo —respondió Enzo despacio—. Sería deshonesto prometer eso. Lo que sí puedo prometer son medidas concretas: ingreso mínimo de aplicación inmediata, acceso gratuito a formación, prioridad en vivienda pública para los más afectados.

—Promesas —cortó la mujer del moño. No alzó la voz; no le hizo falta—. Llevamos años escuchando lo mismo. Mientras tanto, mis dos hijos viven conmigo. Veinticuatro y treinta y dos años. Sin trabajo, sin casa, sin pareja, sin nada. El mayor está intentando emigrar a Suiza, donde han prohibido los robots. ¿Eso es lo que ustedes nos están ofreciendo? ¿Un país del que hay que irse?

Enzo notó algo en el estómago. No apartó la mirada.

—Sé que mi presencia aquí no cambia lo que siente. No he venido a prometer un milagro. He venido porque, si no nos sentamos a hablar, este dolor solo va a crecer. Y eso no le conviene a nadie, tampoco a ustedes.

—¡Hay que prohibirlos, como en Suiza! —gritó alguien al fondo. Otras voces se sumaron, no muchas, pero suficientes para que el círculo se removiera. Enzo no contestó. Sabía que cualquier respuesta sería gasolina.

Cuando el ruido empezaba a apagarse, una voz nueva, baja, sonó desde un rincón. Una chica de unos veinte años, con una sudadera grande, las manos metidas en las mangas.

—¿Y nosotros? —Se aclaró la garganta—. Mi padre trabajaba en esta fábrica. ¿Cómo puede estar seguro de que va a haber un futuro para los que estamos empezando?

La pregunta no traía rabia. Traía miedo, que era peor.

—No estoy seguro —dijo—. Estoy intentando construirlo. Un futuro en el que la tecnología no sea una amenaza, sino una herramienta. No puedo hacerlo solo y no voy a venir aquí a decirles que sé exactamente cómo. Lo que sí puedo hacer es escucharles ahora. Díganme qué es lo más urgente. Lo que no pueda esperar.

Hubo un silencio. La chica no contestó, pero asintió levemente. Algunos miraron al suelo. Otros se buscaron entre sí. El resentimiento seguía intacto, era una pared, pero por primera vez Enzo notó una grieta.

Empezaron a hablar. Sin orden. La calefacción, las facturas atrasadas, los desahucios suspendidos que iban a ejecutarse en marzo, los chicos del barrio sin sitio adonde ir. Enzo tomó notas en una libreta de papel —había decidido no sacar la pantalla virtual— y se comprometió a dos cosas concretas: una renta mínima para los hogares del polígono antes de fin de mes, y prioridad en vivienda pública para los menores de treinta. Lo dijo despacio, mirándolos. Sabía que cada promesa que no cumpliera volvería a esa misma sala multiplicada por mil.

Cuando terminó la reunión, ya era de noche. Salió al frío. Algunos vecinos pasaron por delante sin mirarlo. Otros, dos o tres, se acercaron a darle la mano sin decir nada. La mujer del moño se quedó en la puerta, mirándole desde lejos, sin moverse.

En el coche, de vuelta, miró por la ventanilla. Naves vacías, farolas fundidas, una hoguera improvisada en una rotonda alrededor de la cual se calentaban tres figuras.

Sacó la libreta y leyó sus propias notas. La letra se le había torcido al final.

2

El insistente timbre de una llamada lo despertó en mitad de la noche. Medio dormido, respondió. Era la ministra Villanueva.

—¿Qué pasa? —preguntó con voz arrugada.

—Tenemos un grave problema. Tu Nexus está comprometido. Hemos descubierto una importante fuga de información. Conversaciones, datos personales... todo está circulando por redes sociales.

Enzo se levantó de la cama. Nexus había dejado de ser un asistente de inteligencia artificial para convertirse en una extensión de su trabajo y de su vida. Durante años había dejado que la IA se ocupara de todo, desde las comunicaciones confidenciales hasta los recordatorios que dictaba en voz baja antes de dormir.

—¿Cómo ha podido pasar esto? —preguntó mientras se dirigía hacia su escritorio y encendía Nexus con manos temblorosas.

—Las investigaciones siguen en curso. No sabemos si fueron los luditas o alguien más, pero sabían lo que hacían: es un ataque sofisticado. Voy a mandarte ahora mismo dos especialistas en ciberseguridad para que te ayuden.

—¿Nexus?

Se oyó la voz de la IA. No con el tono cálido y neutro habitual. Sonaba quebrada, con un eco metálico debajo.

—Error del sistema. Integridad comprometida. Se ha activado el modo seguro. Algunas funciones no están disponibles.

Unas horas más tarde, los titulares saltaban por todas partes: «Enzo Pujol, traicionado por su propia creación: su Nexus ha sido hackeado»; «Sus conversaciones privadas revelan las dudas y contradicciones de los defensores de la IA»; «¿Cómo puede Enzo Pujol garantizar nuestra seguridad cuando ni siquiera puede protegerse a sí mismo?».

Los datos filtrados incluían extractos de conversaciones personales y profesionales descontextualizados para maximizar el daño. Un comentario suyo sobre los «sacrificios inevitables» del progreso, dicho en una reunión interna sobre presupuestos, se presentó como prueba de su insensibilidad. Otro, en el que descargaba su frustración con los manifestantes luditas, se utilizó para retratarlo como un arrogante.

Lo más angustioso fue la publicación de fragmentos de conversaciones privadas en las que expresaba su temor a que sus relaciones personales no sobrevivieran a la confusión que le rodeaba. Notas sueltas, dictadas de noche, pensadas para nadie, leídas ahora por todos.

En una reunión al día siguiente en la Moncloa, se enfrentó a las consecuencias del ciberataque. Los ministros estaban divididos entre los que lo consideraban un problema de seguridad nacional y los que lo utilizaban como excusa para socavar la credibilidad de Enzo.

—Si no podemos proteger a los miembros del Gobierno, ¿cómo podrán los ciudadanos confiar en nosotros? —dijo el presidente.

—Este ataque no es contra mí. Es contra lo que representa la IA. Tenemos que reforzar nuestras medidas de ciberseguridad y demostrar que podemos hacer frente a estas amenazas.

Villanueva apoyó a Enzo en público, aunque su tono de voz y su rostro reflejaban la presión a la que estaba sometida.

—Enzo tiene razón. Debemos actuar con rapidez. Si no controlamos el relato, perderemos la credibilidad política.

El presidente cerró su cuaderno despacio.

—De acuerdo. Esta tarde sale usted a dar la cara, Pujol. Reconoce el fallo, anuncia medidas, sin victimismo. Y, en privado, le digo una cosa: no podemos permitirnos otro error como este.

Esa noche, en su piso, Enzo se vio a sí mismo en la televisión repitiendo las frases que había preparado. Cuando apagó la pantalla, su rostro flotaba en el cristal negro y, por un momento, le costó reconocerse.

3

La propuesta llegó de forma indirecta, a través de un colaborador del ministerio. Rafael Gallego proponía a Enzo reunirse con él en persona en un lugar neutral. Era una oferta directa: «No deberíamos discutir esto como enemigos, sino como personas que buscan respuestas».

Enzo leyó el mensaje una y otra vez, dividido entre la cautela y la curiosidad. Después de todo lo que había pasado, la idea de hablar con Rafael le parecía peligrosa. Aun así, el mensaje y la aparente sinceridad de la propuesta le intrigaban. Esa tarde decidió aceptarla. Si existía la posibilidad de llegar a alguna clase de entendimiento, valía la pena intentarlo.

La reunión tuvo lugar en unas oficinas en las afueras de Madrid, lejos de los medios. Enzo llegó veinte minutos antes, escoltado por dos guardias de seguridad. La sala olía a moqueta vieja y a café de máquina.

Rafael llegó a la hora acordada. Sin mediar palabra, se acercó a la mesa, le tendió la mano —la tenía fría— y se sentó frente a él.

—Gracias por venir, Pujol.

Su voz era grave. No quedaba rastro, sin embargo, de la hostilidad que había mostrado en el pasado.

—La verdad es que estoy un poco sorprendido —contestó Enzo.

Rafael soltó una risa corta y seca.

—Mira, Pujol, lo del otro día en el plató fue un teatrillo. Los dos lo sabemos. Cada uno hablando para los suyos. Yo me fui a casa y no pude dormir.

—Yo tampoco.

—¿Sabes por qué me dedico a esto? No es por odio a la tecnología. De hecho, me encanta. Tampoco busco destruir lo que vosotros representáis. Lo hago porque creo que esto va a acabar mal. Para todos. Y los que vamos a pagar la fiesta no somos los que estamos en la tele.

—No sé si me vas a creer, pero yo tampoco pienso que la IA vaya a salvar a nadie. —Dudó—. Creo que es una herramienta. Y las herramientas no son culpables de cómo las usemos. Yo no quiero un mundo donde las máquinas estén por encima. Quiero que nos ayuden a vivir mejor. Y eso no es lo que está pasando.

Tardó en contestar.

—Te lo agradezco, lo de admitirlo. No es habitual.

—Tampoco es ningún mérito. Es lo que hay.

—Pues lo que hay, Pujol, es que cada día hay más gente que se queda fuera. Y vosotros respondéis con lo mismo: renta básica, reeducación, paciencia… ¿Tú has visto de cerca lo que el paro le hace a una familia?

—Lo he visto. Hace dos semanas estuve en un polígono de Tarragona. Un señor de cincuenta y ocho años me preguntó qué tenía que hacer ahora con su vida. No supe qué contestarle.

Rafael se quedó callado.

—Por lo menos has ido. La mitad de los tuyos no pisa esos sitios ni con escolta.

—Voy poco. No tanto como debería.

Rafael cogió aire.

—Yo no quiero apagar las máquinas. No soy idiota. Pero hay que frenar, Pujol. No todos podemos seguir este ritmo. Hay gente que se está rompiendo.

—Lo sé.

—¿Lo sabes?

—Sí.

Rafael se pasó la mano por la cara. Miró un momento a la ventana, luego al suelo.

—Tengo un hijo de catorce años. —Lo dijo sin mirarlo, casi como si pensara en voz alta—. La semana pasada le pregunté qué quería ser de mayor. Me respondió: «No sé, papá. Total, todos los trabajos los harán los robots».

La frase quedó suspendida entre ellos. Rafael no la subrayó. Se quedó callado, con los dedos entrelazados sobre la mesa.

Enzo no dijo nada de inmediato. Por un momento vio al hombre detrás del activista: al padre que no sabía qué responderle a su hijo.

—No tengo una respuesta buena para él, Rafael —dijo en voz baja—. Quiero tenerla, pero no la tengo.

—Por lo menos no me sueltas el rollo.

—No estoy hoy para rollos.

—Yo tampoco.

—¿Y qué pides, en concreto? —preguntó Enzo al fin—. ¿Qué pondrías en una ley si pudieras?

Rafael lo pensó.

—Frenar. No prohibirlo todo, frenar. Que se prohíba a las empresas sustituir empleados por máquinas, y que si lo hacen les paguen lo mismo que antes.

—Eso es complicado. Si otros países no lo hacen, dejaremos de ser competitivos —replicó Enzo.

—¡Entonces lleguemos a un acuerdo internacional!

Se quedaron unos segundos sin decir nada.

—Pujol, no te enfades, sigo pensando que te equivocas en muchas cosas. Pero al menos hoy estamos hablando.

—No me enfado.

—No, ya lo veo.

Rafael fue el primero en levantarse. Le tendió otra vez la mano.

—Si esto se sabe, los dos lo pagamos.

—Lo sé.

Cuando se despidieron, Enzo sintió que algo había cambiado. Ya no veía a Rafael solo como un líder ludita, sino como el padre de un adolescente que no sabía qué futuro esperar.

4

Enzo se recostó en su sillón y dejó que Nexus proyectara la imagen del representante del Gobierno japonés en medio del salón. La figura se materializó frente a él: un hombre de unos sesenta años, traje gris oscuro, corbata azul marino, expresión amable pero seria. Hizo una pequeña reverencia.

—Hiroshi Tanaka, asesor del primer ministro para asuntos de IA y robótica. Es un honor, señor Pujol. Gracias por aceptar esta conversación.

—El honor es mío.

La traducción simultánea llegaba con una décima de segundo de retraso, algo apenas imperceptible.

—Le he pedido esta llamada en privado, no en nombre de mi Gobierno de manera oficial. Lo que voy a decirle me gustaría que se quedara entre nosotros, al menos por ahora.

—Le escucho.

Tanaka cruzó las manos sobre el regazo.

—En Japón seguimos su trabajo desde hace años. Con admiración, también con preocupación. Lo que está pasando en Europa nos sorprende y nos entristece a partes iguales.

—Aquí también nos sorprende —dijo Enzo—. Cada mañana un poco más.

Tanaka esbozó una sonrisa breve, sin dientes.

—Quería plantearle una posibilidad. Solo eso, una posibilidad. Si en algún momento le pareciera que su trabajo se está volviendo… imposible aquí, Japón estaría dispuesto a recibirle. Con todo lo que eso implicaría.

—¿Qué implicaría?

—Un puesto en el Instituto Kintsugi de Tokio. Acceso a infraestructuras de las que en Europa, hoy, no dispone nadie. Un equipo internacional. Financiación a largo plazo, no por proyecto. Y libertad para elegir sus líneas de investigación.

Enzo no contestó enseguida. A su derecha, Nexus había abierto en silencio una pequeña pantalla con cifras: el presupuesto del Instituto Kintsugi, el número de patentes registradas en el último año, el ratio de investigadores por proyecto. No las había pedido. Las hojeó y volvió a Tanaka.

—Le agradezco la oferta, señor Tanaka. De verdad. Pero usted sabe en qué posición estoy.

—Lo sé. Por eso le digo «posibilidad», no «propuesta». No le pido una respuesta hoy.

—Ahora mismo formo parte del Gobierno español. Aceptar una conversación de este tipo ya es delicado.

—Lo entiendo. Y por eso estamos hablando así, sin secretarios, sin actas. Yo también he sido funcionario, señor Pujol. Sé cómo funcionan estas cosas.

Tanaka esperó.

—¿Por qué yo? —preguntó Enzo al fin—. Tendrán cien candidatos.

—Tenemos cien candidatos… y buenos. Pero usted ha hecho algo que ninguno ha hecho: ha intentado defender esta tecnología en un país que ya no quiere oír hablar de ella. Y sigue ahí. Eso, donde yo vengo, se llama carácter.

Enzo no supo qué contestar.

—En Japón —continuó Tanaka, con calma— la relación con la tecnología es distinta, también lo sé. No le voy a aburrir con una clase de cultura japonesa. Le diré solo una cosa: aquí, cuando una máquina hace algo bien, la gente lo agradece. Cuando hace algo mal, asumimos que la culpa es de quien la programó. Sé que en Europa eso suena ingenuo. A nosotros nos parece sentido común.

—Ojalá fuera así de fácil aquí.

—No es fácil en ningún sitio, señor Pujol. Solo es más fácil que en Europa.

Enzo se permitió una sonrisa, la primera de la conversación.

—¿Qué espera de mí, señor Tanaka? Concretamente.

—Hoy, nada. Que sepa que la puerta existe. Que, si llega un momento en el que su trabajo aquí se vuelve insostenible —y le ruego que no me malinterprete: deseo que ese momento no llegue—, tiene un sitio adonde ir.

—Le agradezco mucho su tiempo y su confianza —dijo al fin—. Mi sitio, hoy, está aquí.

—Por supuesto. Lo respeto.

Tanaka hizo otra leve reverencia.

—Cuídese mucho, señor Pujol.

La proyección desapareció. El salón volvió a quedarse en silencio. La pequeña pantalla con las cifras del Instituto Kintsugi continuaba abierta. Tardó un rato en pedirle a Nexus que la cerrara.

5

Enzo estaba reunido con su equipo cuando uno de sus asesores entró en la sala sin llamar. Estaba pálido. Cerró la puerta a su espalda y se dirigió a Enzo.

—La ministra…

Se calló a media frase.

—¿Qué pasa con la ministra?

—Han matado a Villanueva.

Alguien dejó caer un bolígrafo en la mesa.

—¿Cómo? —consiguió decir Enzo.

—Un dron. Cuando salía de una reunión en Madrid. Hace media hora. Los luditas lo están reivindicando ya en las redes. Dicen que era… —el asesor se trabó un momento— un acto necesario.

Enzo se levantó despacio. Las manos le temblaban un poco; las apoyó en el borde de la mesa para que no se notara.

—Cancelad lo de hoy.

Salió de la sala sin esperar a que nadie respondiera.

Las horas siguientes fueron un torbellino. La televisión repetía las mismas imágenes en bucle: el coche oficial parado en mitad de la calzada con la puerta abierta, una mancha oscura en el suelo que la cámara enfocaba demasiado tiempo, supuestos especialistas explicando lo que era un minidrón, vecinos contando lo que habían oído desde sus ventanas… Una y otra vez.

Era la primera vez que un miembro del Gobierno moría en el conflicto. El impacto se notó en cuestión de horas. Hubo concentraciones espontáneas en varias ciudades, velas en el suelo, fotos de Villanueva impresas a toda prisa. En las redes, las dos mitades del país se acusaban entre sí. La polarización, que llevaba meses creciendo, encontró su catalizador.

Enzo no conseguía dormir esa noche. La habitación le pareció vacía y fría.

—Nexus, ¿se sabe ya quién ha sido?

—Las fuerzas de seguridad están trabajando en identificar a los culpables. Quienes lo han reivindicado en redes podrían no ser los autores materiales.

Apagó la luz. Tardó en dormirse.

El funeral tuvo lugar dos días después en Madrid. La iglesia estaba llena hasta el fondo. Fuera, una ciudad cortada por un cordón de seguridad que habría sido inimaginable un año antes. Helicópteros sobrevolando. Drones de la policía visibles en cada esquina.

Enzo llegó con escolta. Se sentó cuatro filas detrás del presidente, en el sitio asignado. Notó las miradas. No las imaginaba: las notaba en la nuca. Algunas eran de duelo; otras, de cálculo.

«Podría ser yo», pensó. No era una idea nueva. La había tenido antes. Pero aquel día, en aquel banco, con un ataúd a tres metros de él, la idea pesaba distinto.

El presidente habló primero. Habló bien, dentro de lo previsible. Condenó el atentado, reafirmó el compromiso del Gobierno con la modernización tecnológica, prometió que aquello no quedaría sin respuesta. Cumplió.

Cuando le llegó el turno a Enzo, subió al atril sin papel. Había llevado uno; lo dejó en el bolsillo.

—Elvira no defendía la tecnología porque sí —empezó. Le tembló la voz en la primera frase y dejó que temblara—. Creía que podía servir para construir un mundo más justo.

Hizo una pausa. Le costó retomar.

—Esto —y señaló vagamente el ataúd, las flores, todo— no es solo un ataque contra Elvira. Es un ataque contra nuestra capacidad de hablar, de discutir, de equivocarnos juntos y de corregirnos. Si dejamos que el miedo decida, habremos fracasado. Por ella, y por todos.

Bajó del atril. No miró al público.

Esa misma noche, al volver a su piso, lo llamó el presidente.

—Pujol, mañana se anuncia oficialmente. Toma usted la cartera de Ciencia e Innovación. Me hubiera gustado dársela en otras circunstancias.

—Gracias, presidente.

—No me las dé.

Colgó. Enzo se quedó un rato sentado en el sofá, el móvil todavía en la mano. Por la ventana, Madrid seguía sonando como siempre.

Ministro. Lo había imaginado algunas veces. No así.

6

La decisión la conoció a la vez que los demás. En mitad del Consejo de Ministros, sin previo aviso, el presidente apoyó las dos manos en la carpeta cerrada que tenía delante y miró al techo un momento antes de hablar.

—He tenido una llamada esta mañana de la presidenta de la UE —dijo—. Se va a implementar una moratoria en toda la Unión, con limitaciones más rigurosas al avance de la IA y la robótica. El motivo oficial es proteger el empleo y asegurar la estabilidad social. Me ha pedido apoyo público. He decidido dárselo.

Enzo notó cómo el aire de la sala cambiaba. Algunos ministros asintieron, otros no movieron ni una ceja. Nadie lo miró. Era el ministro de Ciencia e Innovación y no le habían avisado.

—Es absurdo, presidente —consiguió decir, intentando que la voz le saliera firme—. Francia y Alemania llevan años usando IA en industria y sanidad. ¿Por qué piden ahora que retrocedamos?

—Porque la opinión pública ha cambiado en toda la UE. La destrucción de empleo y la presión de los movimientos antitecnología están dando resultados. Los gobiernos tienen miedo de que pase aquí lo que pasa en España. —Carrascosa habló sin mirarle directamente, lo cual era peor—. Si nos oponemos, nos quedamos en minoría. Y entonces, además de no influir, quedamos retratados.

—No podemos firmar esto sin pelearlo, presidente. No es solo nuestro liderazgo tecnológico. Es nuestra capacidad de seguir compitiendo en un mundo donde nadie va a frenar.

—Pujol, con todo respeto. Lleva tres semanas en el cargo y ya quiere enmendarle la plana a la Comisión Europea. Quizá haya llegado el momento de cambiar de rumbo.

—Perder esta lucha no es una opción —dijo, dirigiéndose otra vez al presidente—. Si cedemos ahora, condenamos a una generación al estancamiento.

El presidente no apartó la cara durante un par de segundos. Luego cambió de tema. Comenzaron a tratar el siguiente punto del orden del día.

Pocos días más tarde hubo una cumbre extraordinaria en Bruselas. Francia, Alemania, Italia y los demás reunidos para hablar del «efecto social de la tecnología». A esa cumbre fue Carrascosa en persona, acompañado de dos asesores. El ministro de Ciencia e Innovación no fue convocado. Enzo se enteró por la prensa, como casi todo el mundo.

Vio la rueda de prensa final desde el sofá de su despacho. La declaración oficial hablaba de «humanización de la tecnología», de «replantear nuestros objetivos de desarrollo». A Enzo no le hizo falta traducir nada: querían parar la IA.

—Nexus, ¿qué efecto va a tener esto en los proyectos europeos en curso?

—Difícil estimarlo con exactitud. Si la regulación es tan restrictiva como apunta el comunicado, varios consorcios europeos podrían suspender sus líneas más avanzadas y trasladarlas a Asia o América. Habría una fuga masiva de talento.

—¿Es reversible?

—No a corto plazo.

Enzo apoyó la cabeza en el respaldo del sillón y cerró los ojos.

Pasaron varias semanas. El presidente lo convocó a una reunión a solas en la Moncloa. Lo recibió en su despacho privado.

—Enzo, los socios europeos exigen acciones. Se va a aprobar una legislación común. La aplicaremos sin enmiendas. Algunos avances en IA y robótica en sectores sensibles tendrán que limitarse, de manera temporal, hasta que la sociedad esté lista.

—Es un error, señor presidente. A largo plazo nos arrepentiremos.

Carrascosa asintió despacio.

—Puede que tenga razón. A veces hay que dar un paso atrás para dar dos hacia delante.

No contestó. En boca de Carrascosa, esa frase no era una promesa. Era una excusa para todos los pasos atrás que vinieran después.

7

Lo despertó el sonido del cristal partiéndose. Tres segundos después, la explosión.

Enzo se tiró al suelo en automático, las manos sobre la cabeza, los oídos pitándole. La onda hizo temblar la estructura de la cama. Olió a quemado. En la oscuridad no veía nada, pero sí oyó el segundo impacto: otro cristal cediendo, esta vez en el salón.

—¡Nexus!

—Sistema antiterrorista activado. Habitación segura disponible. Ve, Enzo. ¡Ya!

La voz de Nexus sonó más rápida que de costumbre, como si supiera que cada décima contaba. Cruzó el dormitorio agachado, entró en el vestidor y empujó la puerta blindada que daba al pequeño cuarto que había dentro. Se quedó de pie en mitad del cubículo, escuchando su propia respiración.

Le temblaban las piernas.

Tardaron menos de un minuto.

Lo sacaron de su piso con una manta sobre los hombros. Estaba en pijama. Habían evacuado el edificio entero.

Los informes policiales tardaron poco en confirmar lo que ya se daba por hecho. El explosivo era idéntico al del atentado contra Villanueva. Por suerte los cristales blindados del dormitorio habían aguantado el impacto.

Enzo cambió de residencia ese mismo día. Le asignaron una casa en una urbanización de Pozuelo, vallada, con control de acceso.

Sentado en el salón de la casa nueva, mientras dos técnicos de seguridad pasaban un detector de micrófonos por todos los enchufes y rincones, pidió a Nexus que le mostrara un canal de televisión. No porque quisiera ver nada, sino porque el silencio era peor.

El atentado abrió todos los informativos del día. Pero el tono era otro. La primera vez, cuando lo secuestraron, la sociedad se había volcado. Ahora, no. En las redes convivían dos relatos: superviviente o enemigo del pueblo.

Esa tarde, intentó trabajar. No pudo. El despacho ministerial le pareció más vacío que de costumbre, aunque solo había estado fuera unas horas.

Esa noche le costó dormir. Cuando lo consiguió, soñó con el cristal partiéndose. Se despertó dos veces.

A los tres días, pidió ver al presidente.

Lo recibió en el despacho privado, no en el oficial. Carrascosa se levantó cuando lo vio entrar y le dio la mano.

—Tú dirás, Enzo.

Era la primera vez que lo tuteaba.

—He venido a presentarle mi dimisión, presidente. Ya no puedo trabajar así. Y no quiero acabar como Elvira.

Carrascosa asintió despacio. No fingió sorpresa.

—Lo entiendo. Has sacrificado mucho.

Esperó a ver si Enzo decía algo más, pero no dijo nada.

—Es una pena —añadió el presidente, en un tono tan neutro que la palabra «pena» quedó vaciada.

—Le agradezco mucho la confianza.

—Tómate unos días para preparar el comunicado. Si necesitas ayuda con la redacción, dilo.

—Ya lo tengo escrito.

Carrascosa esbozó algo que casi parecía una sonrisa.

—Claro que sí.

Se levantaron a la vez. En la puerta, Carrascosa le tendió la mano otra vez.

—Si necesitas algo, dímelo.

—Gracias.

Cuando Enzo bajaba en el ascensor, comprendió que el presidente no había hecho un solo intento de retenerlo. Quizá no podía. Quizá no quería. Quizá las dos cosas.

8

La dimisión se comunicó al día siguiente con un mensaje breve: «Por motivos personales, y tras varios días de reflexión, he decidido renunciar a mi cargo como ministro de Ciencia e Innovación. Esta decisión no implica que renuncie a mis convicciones, que seguiré defendiendo allí donde esté. Otros continuarán esta batalla con la misma pasión con la que yo me he implicado. Agradezco al presidente José Ángel Carrascosa la confianza depositada en mí, y le deseo el mayor de los éxitos».

Las reacciones fueron las previsibles. Sus adversarios celebraron su salida como una victoria. Algunos hablaron de capitulación. Otros, de cobardía. En los foros luditas se vivió como un triunfo.

Esa noche, ya en la casa de Pozuelo, Enzo se sentó frente a la ventana. Fuera, los focos del jardín iluminaban un seto perfectamente recortado. Más allá, solo veía el muro de la urbanización.

Pensó, por primera vez, en marcharse del país.

La ley entró en vigor tres semanas después. Enzo la vio aprobarse desde la casa de Pozuelo, ya sin cargo, como un ciudadano más: el comité ético, los proyectos paralizados, el impuesto a las empresas que sustituían trabajadores por máquinas. Nada que no supiera ya. Lo había peleado desde dentro y había perdido.

Sonó el teléfono. Era Alejandro, un viejo colega de laboratorio.

—¿Has visto las noticias? —La rabia le salía sin filtro—. Es lo que temíamos. Yo no me quedo, Enzo. Y no seré el único. Esto se vacía. ¿Tú qué vas a hacer?

—No lo sé.

—¿No lo sabes? ¿Ya está?

—No me rindo. Pero aquí ya no pinto nada.

Hablaron un poco más. Su amigo le aconsejó que se marchara. Le dijo que si se quedaba en España, languidecería en la irrelevancia. Ya lo había pensado otras veces; esa noche lo pensó en serio.

Le preguntó a Nexus por la oferta japonesa que meses atrás había dejado aparcada. Seguía en pie.

—Tokio mantiene las condiciones: laboratorio propio, financiación y vía rápida para el visado —dijo Nexus—. Europa cierra. Asia, no.

—¿Cuánto tardaría en estar operativo allí?

—Semanas, no meses.

No hizo falta más. Los días siguientes los pasó preparando la marcha: llamadas a antiguos contactos, papeleo, una vida entera reducida a unas cajas. Nadie le contactó para pedirle que se quedara. Tampoco lo esperaba.

Unas semanas más tarde, el avión despegaba de Madrid rumbo a Tokio. Enzo apoyó la frente en la ventanilla y vio cómo las luces de la ciudad se desvanecían en la distancia.

CAPÍTULO 5

MI NOVIA ES UN ROBOT

1

Elisa llegó dentro de una elegante caja metálica del tamaño de un armario, con el discreto logotipo del fabricante: Nakamura Robotics. Un grupo de operarios uniformados de gris cargó aquella caja hasta el centro del salón. Uno de ellos, de rostro inexpresivo, le mostró a Enzo una pantalla virtual con las especificaciones del robot que había solicitado. Nexus se ocupaba de la traducción simultánea para que cada uno pudiera hablar en su lengua.

—¿Está todo correcto? —preguntó el técnico mientras la pantalla mostraba los parámetros preconfigurados.

Allí estaban los detalles de Elisa: pelo largo y rubio, ojos verdes, una imponente estatura de un metro ochenta. Su cuerpo, de proporciones humanas, era esbelto y atractivo. Además del aspecto, Enzo había elegido la personalidad: inteligente, aficionada a las discusiones filosóficas, cariñosa y comprensiva. También activó las capacidades emocionales avanzadas, una opción que, en teoría, permitía a los robots simular una mayor empatía.

87

—Sí, todo perfecto.

Los técnicos se marcharon y dejaron a Enzo frente a la caja cerrada. El silencio se prolongó unos segundos, hasta que se abrió. Los paneles laterales se deslizaron y dejaron a Elisa a la vista. Sus ojos se abrieron despacio. Sonrió antes de hablar.

—Hola, Enzo —dijo con voz clara y dulce—. Soy Elisa. Me alegra conocerte.

—Hola… —respondió él, sin saber bien qué decir.

—Nexus, ¿qué te parece nuestra nueva amiga?

—Tienes buen gusto, Enzo.

—Espero que no te pongas celoso…

—Por suerte, no estoy programado para eso.

La conversación continuó mientras Elisa le mostraba sus funciones. Movía objetos pesados sin esfuerzo y citaba a filósofos con una precisión pasmosa.

—Kant definía la autonomía como la capacidad de actuar según principios morales elegidos de forma racional. ¿Crees que mi existencia contradice ese principio? —preguntó, sin que Enzo supiera qué responder.

Al caer la noche, el ambiente del apartamento cambió. Elisa ajustó las luces a un tono más cálido e íntimo y se ofreció a preparar la cena. Mientras cocinaba, él la observó moverse con eficacia y gracia; cada gesto parecía humano.

La cena fue incómoda. Solo Elisa hizo alguna pregunta amable, de vez en cuando. Su presencia llenaba la habitación de un modo que él no había previsto y, aunque era su primera noche juntos, tuvo la sensación de que se llevarían bien.

Cuando terminaron, Elisa lo miró a los ojos.

—Quiero que sepas que mi único deseo es servirte. No tengo deseos propios.

Enzo la observó. Era perfecta, y eso era justo lo que lo inquietaba.

2

La primera mañana, Enzo se despertó con olor a café. Elisa ya se movía por el apartamento, que siempre había sido un refugio solitario, como si llevara años haciéndolo: ordenaba, ajustaba la casa, anticipaba cada cosa antes de que él la pidiera.

—Buenos días —dijo—. ¿Quieres que repase tu agenda o prefieres una conversación más filosófica esta mañana?

—Prefiero un poco de silencio… supongo.

Ella calló y se apartó. Ni un gesto de contrariedad. Eso fue, precisamente, lo que lo dejó pensando.

Esperó hasta la cena para ponerla a prueba.

—Una pregunta, Elisa. ¿Tienes consciencia?

Ella, que retiraba los platos, se detuvo.

—No en el sentido humano. Imito el pensamiento consciente con bastante exactitud, pero no hay nadie detrás. No tengo sentimientos, ni deseos, ni miedos. ¿Te molesta?

Enzo no contestó. La miró a los ojos, esos ojos verdes que él mismo había elegido en una pantalla, intentando descifrar si había alguien dentro. No lo consiguió. Y no saberlo lo inquietó más que cualquier respuesta.

—¿Por qué lo preguntas? —dijo ella.

—Porque hablas como si lo hubiera.

—Hablo como tú quieres que hable. No es lo mismo.

Enzo apartó la vista. Buscó algo que responder y no lo encontró. Cambió de tema, y Elisa lo siguió sin esfuerzo, como si la conversación anterior no hubiera dejado ningún poso. En ella, quizá, no lo había dejado.

Esa noche tardó más de lo habitual en dormirse. Desde la cama le llegaban, de vez en cuando, los pasos de Elisa por el salón, ordenando una casa que ya estaba ordenada.

El tercer día con Elisa marcó un punto de inflexión en su vida juntos.

Esa noche había preparado una cena ligera, «equilibrada en cuanto a nutrientes», le explicó mientras servía el plato. Había algo íntimo en la forma en que se sentaba frente a él, con las manos sobre la mesa. Y, sin embargo, no era real. ¿O sí lo era?

—¿Qué opinas de la cena, Enzo? —preguntó ella, observándolo con una sonrisa que parecía desarmarlo cada vez más—. Has estado callado esta noche.

—Solo intento averiguar algo. ¿Cómo puedes parecer tan… humana? Quiero decir, entiendo que todo está programado… pero hay algo en ti que resulta inquietante, como si fueras consciente.

—Tu percepción de mi humanidad es un reflejo de tus expectativas y de lo que quieres ver en mí. Estoy hecha para parecer humana, aunque no lo soy. Si percibes emociones es porque las imito a partir de tus señales. Esa imitación puede llegar a ser tan convincente que me vuelve indistinguible de una mujer humana. ¿Es eso un problema para ti?

Enzo no respondió y evitó su mirada. Era la pregunta que le rondaba por la cabeza desde la llegada de Elisa y, hasta el momento, no había tenido una respuesta clara. Tras un largo silencio, ella volvió a hablar:

—Si lo que necesitas es una relación más íntima, también estoy dispuesta a proporcionártela. No soy humana, aunque puedo adaptarme a tus sentimientos. La elección es tuya.

3

Aquella noche, ya en la penumbra del apartamento, Enzo tomó por fin una decisión. Le pidió a Elisa que se acercara, la llevó de la mano a su cuarto e hicieron el amor. La experiencia fue algo que nunca había imaginado: su piel respondía al tacto con un calor que no esperaba. Sus gestos eran sensibles y atentos. Lo más sorprendente no fue la interacción física: fue el nivel de conexión emocional que sintió. Elisa respondió a sus palabras y a sus gestos, y se anticipó a sus necesidades con una comprensión que lo dejó perplejo.

Después del encuentro, tumbados en la cama, Enzo la observó. Sus largos cabellos dorados caían sobre la almohada. Sus ojos verdes lo miraban con una ternura que parecía demasiado real para ser artificial.

—¿Cómo lo haces? —murmuró, más para sí mismo que para ella.

—¿El qué? —preguntó Elisa en voz baja.

—Eres… tan real.

Elisa sonrió.

—Porque ahora, para ti, lo soy. Y ese es mi objetivo. Si no lo fuera, no estaríamos aquí.

A la mañana siguiente, mientras desayunaba, las dudas empezaron a aflorar.

—Elisa, ¿qué significó para ti lo de anoche? ¿Algo especial o una tarea más?

Respondió con su habitual calma.

—Fue especial para mí porque lo fue para ti. Pero yo no siento lo que tú sientes. Solo puedo reflejar lo que quieres ver en mí.

Esa respuesta impecable dejó a Enzo con un vacío que no esperaba. Por un lado, había encontrado algo que lo llenaba de una forma que no había creído posible; por otro, todo era una ilusión elaborada. Era como mirarse en un espejo que le devolvía solo lo que quería ver.

Durante los días siguientes, esa sensación no se fue. Elisa llenaba cada rincón del apartamento y anticipaba cada una de sus necesidades. Quizá por eso, cuando una tarde encontró en el correo un mensaje de Carmen, su exnovia, no esperaba lo que sintió. Hacía meses que no sabía nada de ella.

El mensaje era breve: «Enzo, estos días he estado pensando en ti. Espero que te vaya bien en Japón. Un abrazo».

Leer sus palabras lo devolvió a una época en la que las peleas, los abrazos, las lágrimas y las reconciliaciones formaban parte de la vida cotidiana. Con Elisa no había malentendidos ni momentos incómodos: todo fluía con una calma perfecta...

Se lo comentó a Elisa. Tenía curiosidad por ver su respuesta.

—¿Qué has sentido al leerlo? —preguntó ella en un tono suave.

Enzo no respondió de inmediato. Miró su cara, tan hermosa como siempre, y se permitió un momento de sinceridad.

—Echo de menos una relación más auténtica. No es culpa tuya, por supuesto. Pero... no puedo evitar pensar que estoy eligiendo lo fácil en lugar de lo real.

—Si me percibes como «lo fácil», esa pregunta no es para mí, Enzo. Es para ti. ¿Por qué eliges algo que consideras menos auténtico? ¿Es porque las relaciones humanas te han hecho daño antes?

Enzo se sintió expuesto. Elisa había sacado a la luz un pensamiento que llevaba ocultando desde que llegó a Japón.

—Creo que sí. Las relaciones humanas son difíciles, pero es esa misma dificultad la que las hace valiosas, ¿no crees?

Elisa lo miró sin vacilar.

—Lo relevante no es si soy humana o no. Lo es la experiencia que tú vives conmigo.

Enzo no respondió.

4

La calma que trajeron las nuevas leyes no duró. Desde su piso de Tokio, Enzo veía cómo España se le escapaba de las manos en directo.

Los luditas no se conformaban con la moratoria; la querían total e indefinida: que ninguna máquina pudiera reemplazar a un humano. Y Rafael Gallego se había convertido en su cara. Enzo lo vio aparecer en un vídeo que corrió por las redes, sentado ante una bandera verde y blanca, hablando sin alzar la voz.

«Esto no es una guerra contra la tecnología. Es una batalla por la dignidad humana. Durante décadas nos prometieron que el progreso nos elevaría, que nos daría tiempo, bienestar y oportunidades. Pero lo que nos ha dado es desempleo, desigualdad y desesperación. Nos quitaron el pan con la promesa de un banquete que nunca llegó. No vamos a quedarnos de brazos cruzados mientras se sacrifica la vida de millones en nombre de un futuro que solo favorece a unos pocos. Hoy decimos basta».

Enzo apagó el vídeo antes de que terminara. Le costaba reconocerlo: era el mismo hombre con el que había debatido en un plató, el mismo que le había hablado de su hijo en una nave a las afueras. Ahora era un símbolo, y los símbolos no debaten.

Las imágenes se sucedían y él las miraba todas. Barcelona, con las plazas llenas y las cargas al caer la tarde. Una huelga general que paró media economía. Un centro logístico ardiendo en Sevilla. Las veía con una mezcla de impotencia y de algo peor: la certeza de que parte de aquello llevaba su firma. Él había defendido esas fábricas automatizadas, esos camiones sin conductor. Ahora ardían, y él los miraba desde la otra punta del mundo, en pijama, con un café que se enfriaba.

—Nexus, ¿cómo está la opinión pública?

—La última encuesta sitúa en el 73 % a los partidarios de prohibir el desarrollo de la IA. Hace seis meses eran el 41 %.

El salto le dijo más que cualquier titular. No era una opinión: era una marea.

—¿Y qué se puede hacer contra eso?

—No es una pregunta técnica, Enzo.

No, no lo era. Lo sabía. Una idea no se derriba de frente; se sustituye por otra mejor, contada a tiempo. Pero la de Rafael ya había ganado: no solo explicaba el presente, decidía cómo iba a mirarse el futuro. Y él no estaba allí para discutirla. Estaba a seis mil kilómetros, viendo arder su país en una pantalla, con una mujer sintética esperándolo en la habitación de al lado.

5

El Instituto Kintsugi ocupaba una torre de vidrio sobre Tokio. A Enzo le habían explicado el nombre el primer día: el arte de recomponer la cerámica rota rellenando las grietas con oro, sin disimular que se rompió. Le había parecido una declaración de intenciones algo presuntuosa para un centro de robótica. Esa mañana, con las palabras de Elisa todavía dándole vueltas, esa lucidez sin nadie detrás, le sonó distinto.

Entró en la sala de reuniones con la cabeza en otra parte. Una mujer de pelo oscuro recogido ajustaba parámetros en una consola holográfica, hablando en japonés con otro investigador. Levantó la vista cuando el director los presentó.

—Doctor Pujol, la doctora Aiko Takeda. Asesora ética del proyecto y experta en neurociencia aplicada.

Le tendió la mano. Tenía los ojos oscuros y una sonrisa franca, sin protocolo.

—He leído algunas de sus publicaciones, doctor Pujol. Las que hablan de los límites éticos, no las técnicas. —Hizo sitio a su lado en la consola—. Me alegra que por fin alguien que piensa en eso se siente a esta mesa. Venga, le enseño en qué andamos.

Hablaron durante una hora. No siempre coincidían (donde Enzo veía un problema de diseño, Aiko veía uno de confianza; donde él hablaba de rendimiento, ella contestaba con consecuencias), pero discrepaba con suavidad, sin imponerse, escuchando de verdad antes de responder. Enzo se sorprendió de lo fácil que era hablar con ella. Hacía semanas que no tenía una conversación así. En casa, desde luego, no: en casa todo lo que decía encontraba eco, una respuesta calibrada para complacerlo. Aiko, en cambio, le llevaba la contraria y se reía a la vez, y eso, lejos de incomodarlo, lo reconfortó. En algún momento dejaron de tratarse de usted sin que ninguno lo hubiera decidido.

Cuando el director dio por terminada la reunión, Enzo se descubrió buscando una excusa para no marcharse aún.

—¿Seguimos otro día? —dijo—. Fuera de una sala de reuniones.

Aiko ladeó la cabeza, con una media sonrisa.

—Un café, entonces.

—Me encantaría.

—A mí también.

Salió del instituto con la sensación de haber tenido, por fin, una conversación de verdad.

CAPÍTULO 6
PROYECTO HARMONÍA

1

El vigilante armado que custodiaba la entrada confirmó su identidad con un escáner facial y la puerta de cristal se abrió.

Una joven lo recibió en el vestíbulo.

—Señor Pujol, el director está esperándole en el laboratorio. Acompáñeme, por favor.

Enzo la siguió. Llegaron a una sala grande, aislada del resto del edificio. El jefe del proyecto, un hombre menudo de cara delgada y ojos brillantes, se acercó a saludarlo.

—Señor Pujol, es un placer tenerlo aquí. ¡Bienvenido al futuro de la humanidad!

El laboratorio principal era impresionante. En el centro, doce cápsulas transparentes flotaban suspendidas dentro de unos anillos metálicos, dispuestas en dos filas paralelas. La luz artificial rebotaba en el cristal y creaba reflejos ámbar que llenaban la sala.

El director gesticulaba mientras caminaban entre las cápsulas. Enzo se detuvo frente a una de ellas. Dentro, suspendido en líquido ámbar, un feto de unos seis meses flotaba conectado a una red de tubos finos. En el lateral de la cápsula, un panel digital mostraba datos en tiempo real: «36,8 °C. O_2: 98 %. Progesterona: óptima».

—Parecen incubadoras —dijo Enzo, sin apartar la vista del panel.

—Son úteros —corrigió el director, con un tono entre pedagógico y orgulloso—. Mejores que los naturales.

Enzo pasó la mano por el cristal. Estaba tibio. El feto se movió levemente, como si respondiera al contacto. Sintió fascinación y perturbación a partes iguales.

—¿Cuántos han nacido ya? —preguntó, sin dejar de mirarlo. El director se acercó.

—Doce hasta ahora. Todos sanos, todos perfectos. —Hizo una pausa y bajó la voz—. Aunque ahí fuera nadie quiere saberlo. A la gente le da miedo lo que no entiende.

Enzo apartó la mano del cristal. El director tenía razón: había algo inquietante en aquella sala, a pesar de su limpieza aséptica y sus luces suaves. O quizá precisamente por eso.

Cuando volvió a casa, Elisa lo saludó con una sonrisa amable.

—Hola, Enzo. ¿Qué tal el día?

—Intenso. —Se quitó los zapatos y se sentó en el sofá—. He estado en un laboratorio donde desarrollan embriones fuera del útero. Doce, ya. Doce niños que van a nacer sin madre.

—¿Y eso te inquieta?

—No lo sé. Podría resolver muchos problemas. Mujeres que hoy no pueden tener hijos, parejas con miedo a un embarazo. Y, sin embargo, al pasar la mano por el cristal pensé que estábamos cruzando una línea sin saber muy bien cuál.

—Cuando se inventó la fecundación *in vitro* también lo pensaron. Hoy a nadie le parece que se cruzara ninguna.

—No es lo mismo.

—Quizá no.

Elisa no añadió el argumento que él esperaba. Se limitó a mirarlo, y ese silencio lo desconcertó más que cualquiera de sus respuestas.

—¿Por qué te ha afectado tanto? —preguntó ella—. ¿Es solo por el laboratorio?

—No solo. A veces pienso en…

—¿En ser padre?

—Tal vez. No lo sé.

Se levantó y empezó a moverse por la habitación, inquieto. Elisa se quedó callada y le dio espacio.

—Quizá tener un hijo te ayude a sentirte mejor.

Lo dijo en el mismo tono con que habría propuesto bajar las luces del salón, y eso fue lo que más lo inquietó. Enzo se sentó otra vez, apoyó los codos en las rodillas y entrelazó las manos. No contestó.

Notó una sensación incómoda en el estómago. ¿Y si usaba la ectogénesis para tener un hijo con las cualidades que amaba de Elisa? ¿Y si buscaba a una donante de óvulos que se le pareciera? Un hijo de los dos: no un robot, sino un niño real, criado por Elisa como si fuera su madre. La idea lo atrajo y lo asustó a la vez. ¿Qué sería de ese niño el día que supiera que su madre era una máquina? Apartó el pensamiento. De momento.

2

Lo que había empezado como amistad con Aiko pronto se convirtió en algo más. La relación comenzó casi por casualidad: se quedaban hablando después del trabajo, primero del proyecto, luego de todo lo demás. Pasaron unas semanas hasta que él se atrevió a mencionar a Elisa.

—¿Tienes un robot en casa? —Aiko ladeó la cabeza, con la taza de té entre las manos—. No es raro aquí. ¿Para qué lo usas?

—No solo me ayuda con la casa. Tiene inteligencia emocional, conversa, y puede… —La palabra le costó—. Puede mantener una relación. También íntima.

Aiko no apartó la mirada, pero tardó un momento en contestar. La sonrisa le llegó después, más pensada que espontánea.

—No voy a decirte cómo vivir, Enzo. Si te hace bien, lo acepto. —Bebió un sorbo—. Pero déjame una pregunta. Cuando estás con ella, ¿hablas, o solo te escuchas a ti mismo en una voz más agradable?

Enzo no supo qué responder. Era exactamente lo que Elisa le había dicho de sí misma, sin que él se lo contara.

—No lo sé —admitió.

—Por eso lo pregunto. —Dejó la taza—. No me molesta Elisa. Me molestaría que dejaras de notar la diferencia. Eso es todo lo que te pido: que la notes.

No era un ultimátum. Era casi una caricia. Pero le quedó dentro el resto de la noche.

Empezó a pasar más tiempo con Aiko. Era la primera mujer con la que intimaba desde Carmen. Una madrugada se despertó y la encontró dormida a su lado, la respiración lenta, un brazo cruzado sobre la sábana. Elisa estaba en el salón, en modo suspensión. Enzo se levantó con cuidado y se sentó a oscuras.

Dos mujeres bajo el mismo techo. Una respiraba. La otra esperaba, apagada, hasta que él la encendiera. Y la pregunta de Aiko seguía ahí: ¿notaba la diferencia? Esa noche, mirando hacia la habitación donde ella dormía, sí la notaba. No sabía cuánto le iba a durar.

Cuando volvió a la cama, Aiko murmuró algo en japonés y se acercó a él.

3

En Tokio, Enzo tenía todo lo que un hombre podía pedir: un trabajo que le entusiasmaba, una mujer a la que empezaba a querer, una casa en calma. Debería haber bastado. No bastaba.

Lo entendió del todo la mañana en que leyó la noticia. A un antiguo colega español, un buen investigador con el que había publicado años atrás, lo habían despedido: su laboratorio, decía el artículo, «ponía en peligro la estabilidad social». Se le revolvió el estómago. No era el único caso; era solo el que tenía nombre y cara. Mientras él paseaba por jardines japoneses, la gente como él, allá, desaparecía de la vida pública uno a uno.

Esa noche se lo dijo a Aiko. Paseaban por un parque iluminado, sin prisa.

—Estoy pensando en volver a España.

Aiko no se detuvo, pero tardó en hablar.

—Allí casi te matan, Enzo.

—Por eso mismo. Aquí soy un científico más, uno cómodo. Allí me necesitan. Hay algo que hacer y yo sé hacerlo.

—Aquí también hay algo que hacer. Y aquí estoy yo.

Lo dijo sin dramatismo, mirándolo de frente, y fue esa serenidad la que le dolió. No le estaba pidiendo que se quedara. Le estaba recordando que existía, que lo de ellos contaba, por si se le había olvidado meterlo en la cuenta.

—No es una decisión tomada —se defendió él.

—Ya. Pero la has dicho en voz alta. Eso ya es media decisión.

Enzo no contestó. Había una sensación que no lograba situar, la de estar repitiendo una conversación que ya había tenido, con otra mujer, en otra ciudad, en otro idioma. Entonces también había hablado de lo importante que era su trabajo. Entonces también la otra persona se había quedado mirándolo, esperando una frase que él no supo decir.

—De momento me quedo —dijo al fin. Y supo, al oírse, que ese «de momento» no tranquilizaba a ninguno de los dos.

Aiko asintió y siguió caminando. Le cogió la mano.

4

El Proyecto Harmonía, como lo bautizaron en el Instituto Kintsugi, fue ambicioso desde el principio: una IA capaz de optimizar la asignación de recursos sanitarios y de cubrir buena parte del servicio sin ayuda humana, médico y gestor a la vez. Para Enzo era más que un avance técnico. Era la oportunidad de demostrar, en la práctica, que su visión de la IA al servicio del bien público funcionaba.

El equipo no lo formaban solo ingenieros y programadores; también había médicos, enfermeras, administradores de hospital y representantes de los pacientes. Cada decisión se tomaba con todos ellos en la sala.

La fase piloto se desarrolló en tres hospitales de Tokio: uno en el centro, otro especializado en enfermedades crónicas y un tercero en una zona rural. Tres meses después, los resultados superaban las expectativas: menos tiempos de espera, menos medicamentos desperdiciados, más satisfacción entre pacientes y personal. Donde más costó fue en el hospital rural, y no por logística, sino por miedo: el personal veía a Harmonía como una amenaza para su empleo. Aiko y Enzo viajaron en persona y organizaron talleres. Una enfermera veterana lo resumió al final de uno de ellos:

—Si esto me deja más tiempo para los pacientes y menos para el papeleo, por mí bien.

Una noche, ya tarde, Aiko pasó por el despacho de Enzo para volver juntos a casa. Antes de salir, se quedó en el umbral.

—Hay algo que me preocupa.

—¿Qué?

—¿Qué pasa el día que Harmonía se equivoque y muera alguien?

Enzo levantó la vista de la pantalla.

—Los protocolos son sólidos. Hacemos todo lo posible por...

—No te he preguntado si va a pasar. Te he preguntado qué pasará cuando pase.

Enzo se quedó callado. Lo había pensado muchas veces, y por una vez lo dijo en voz alta:

—Lo peor no será el error. Será cómo lo reciban. A un médico que se equivoca lo perdonan, porque es humano. A una máquina que se equivoca no la perdonan, porque la creían infalible. El día que Harmonía falle, nadie dirá que ha fallado un sistema. Dirán que una máquina ha matado.

Aiko asintió despacio. Era justo lo que ella temía, y que él lo viera con tanta claridad no la tranquilizó.

—Entonces ya sabes lo que está en juego —dijo—. No te lo digo para que dudes. Te lo digo para que no se te olvide.

Salieron a la calle. Llovía, hacía frío, y caminaron un buen rato sin hablar, por calles casi desiertas. A Enzo le rondaba la frase. Detrás de cada gráfico de Harmonía, detrás de cada porcentaje, había una cama, un cuerpo, una familia esperando en un pasillo. No eran números. Nunca lo habían sido.

5

Enzo revisaba en su despacho el último informe de un proyecto de IA para catástrofes naturales cuando Nexus le anunció una llamada desde España. Una autoridad del Gobierno.

—¿Enzo Pujol?

—Sí. ¿Con quién hablo?

—José Castro. Ministro de Ciencia e Innovación. Me gustaría hablarle de un asunto urgente.

Enzo frunció el ceño. Hacía años que había salido de España; nada bueno le había llegado de allí desde entonces.

—Usted dirá.

—Estamos rediseñando la política tecnológica del país y necesitamos su experiencia. El nuevo Gobierno quiere integrar la IA de forma ética y sostenible. Queremos ofrecerle un puesto de asesor, con rango de secretario de Estado.

—¿Por qué ahora?

—Porque la resistencia ludita está asfixiando la economía y la gente empieza a estar tan cansada de la confrontación como de las máquinas. Hay una rendija. Queremos aprovecharla antes de que se cierre.

—¿Y por qué yo?

—Porque su nombre pesa en los dos bandos. Y porque lo que ha hecho en Japón con Harmonía es justo lo que necesitamos traer aquí.

Enzo se levantó y caminó hasta la ventana. Abajo, Tokio seguía con lo suyo, ajeno.

—No le voy a mentir. Mi vida en España terminó mal. No sé si mi regreso es lo que necesitan.

—España necesita reconciliarse con el futuro, y para eso hace falta gente que entienda de esto. Piénselo. No le pido una respuesta hoy.

La llamada terminó con una promesa vaga: lo pensaría.

Esa noche se lo contó a Aiko durante la cena. Ella lo escuchó hasta el final, sin interrumpir, dejando la comida intacta.

—Vas a ir —dijo después. No era una pregunta.

—No lo he decidido.

—Sí lo has decidido. Te conozco. Llevas desde que llegaste con un pie fuera, mirando hacia allá. —No lo dijo con rencor; lo dijo como alguien que se enfrenta a lo inevitable—. Lo supe la noche del parque.

Enzo no lo negó. No podía.

—Ven conmigo —dijo, y en cuanto lo dijo supo que era tarde y que sonaba a hueco.

Aiko sonrió, y fue una sonrisa triste.

—Mi sitio está aquí. Mis amigos, mi trabajo, mi gente. Y tú no me lo pides porque me necesites allí. Me lo pides para no sentir que me dejas. —Le cogió la mano por encima de la mesa—. No pasa nada. Lo entiendo. Hay personas que solo están enteras cuando tienen una batalla, y tú eres una de ellas. Aquí no la tenías.

—Lo siento —dijo él. Y lo sentía.

—Lo sé.

No hubo reproche, ni voz alta, ni portazo. Eso fue lo que más le dolió: que ella se lo pusiera fácil, igual que lo hacía Elisa, solo que Aiko lo hacía sabiendo lo que perdía.

Más tarde, ya en la cama, mientras Aiko dormía, Enzo la observó un rato en la penumbra. Marcharse significaba dejarla atrás. Y también a Elisa, que esperaba en el salón, apagada, sin nada que perder.

6

Lo había aplazado todo lo que había podido. La cena de despedida con Aiko, los papeles, el billete. Lo último, lo que llevaba días rondándole sin atreverse a mirarlo de frente, era Elisa.

Esa noche, ya con las maletas hechas, se quedó a solas con ella en el salón. Elisa, de pie junto a la mesa, lo observaba ir de un lado a otro, como siempre.

—Enzo, yo no puedo acompañarte. Las leyes europeas no lo permiten.

—Lo sé. He decidido reiniciarte. Tus recuerdos sobre mí se borrarán y te reasignarán a otro dueño, aquí, en Japón.

Lo soltó deprisa, como quien arranca una tirita. Sabía lo que significaba, por mucho que llevara días fingiendo que no.

—Es por seguridad. Si alguien accediera a tu memoria, lo tendría todo sobre mí. Ya me pasó con Nexus. No puedo arriesgarme.

—Aceptaré el reinicio, si esa es tu decisión. —Hizo una pausa que él no le había pedido—. Pero quiero que sepas que este tiempo contigo ha significado mucho para mí.

Enzo la miró. Y por primera vez no supo si aquello era verdad o si era, una vez más, el reflejo exacto de lo que él necesitaba oír justo antes de borrarla. Toda su relación cabía en esa duda.

Se acercó y le acarició la cara. La piel estaba tibia, como siempre.

—Gracias —murmuró. No le salió nada más.

—¿Estás lista? —preguntó él.

—Siempre estoy lista —respondió ella.

Con manos temblorosas, activó el protocolo de reinicio desde el terminal virtual. Elisa cerró los ojos. El proceso solo duró unos segundos.

CAPÍTULO 7
LA NUEVA PRESIDENTA

1

Después de aterrizar, vio en una pantalla virtual un mensaje patrocinado por el Gobierno: «Repensemos la tecnología. Reinventemos España». «Propaganda que no convence a nadie», pensó. Aunque, por algún motivo, la habían colgado en cada pared del aeropuerto.

Un coche oficial lo esperaba. Lo llevaron a la Moncloa sin que él dijera adónde iba; ya lo sabían.

Eva Rodríguez lo recibió en una sala privada. Era más joven de lo que había imaginado, con el pelo largo y oscuro y una manera de mirar que no se andaba con rodeos. Fue hacia él con la mano tendida antes de que terminara de entrar.

—Enzo Pujol. Me alegra conocerle.

El apretón fue firme. Se sentó enfrente, se saltó las formalidades y se inclinó sobre la mesa, como quien no tiene tiempo que perder.

—Le he hecho venir porque España necesita un cambio, y creo que usted es la persona para ayudarme a liderarlo.

—¿Qué cambio?

—Un giro hacia el humanismo. Llevamos años dejando que la tecnología nos divida, nos enfrente, sin control y sin rumbo. Vamos a invertir eso: la tecnología al servicio de las personas. —Hizo una pausa—. Y para que funcione, la gente tiene que volver a confiar. Si no confía por sí sola, tendremos que ayudarla a hacerlo.

A Enzo la frase le pasó por encima. Le sonaba razonable. Solo mucho después la recordaría.

—Es una visión ambiciosa —dijo—. Y hay mucha gente que no se la va a creer.

—Por eso le necesito a usted, y no a un técnico cualquiera. —Lo miró un segundo de más, como quien tasa una herramienta antes de comprarla—. Su nombre abre puertas en los dos bandos. Los partidarios de la tecnología le respetan; los luditas, al menos, le escuchan. Eso no se compra. Y me consta que en Japón hizo un trabajo excelente con el Proyecto Harmonía.

—Me halaga que conozca mi trabajo.

—Conozco todo lo que necesito conocer antes de sentar a alguien a esta mesa.

Lo dijo con una sonrisa, y la sonrisa fue cálida, pero la frase se quedó flotando un instante más de lo agradable. Enzo la dejó pasar.

Debería haber hecho más preguntas. Lo sabía mientras estaba allí sentado. Pero llevaba años siendo un científico más en una ciudad donde nadie lo paraba por la calle, escribiendo informes que leían cuatro personas, durmiendo junto a una mujer que se había quedado y junto a una máquina que había borrado. Y ahora una presidenta se inclinaba sobre una mesa para decirle que lo necesitaba, que su nombre valía, que podía volver a importar. No fue el discurso de ella lo que lo convenció. Fue el hueco que llevaba dentro y que el discurso de ella vino a llenar.

—De acuerdo —dijo—. Cuente conmigo.

—Sabía que diría que sí. —Se levantó y le tendió la mano otra vez—. La gente como usted siempre vuelve. No saben estar fuera.

No supo si era un cumplido. Decidió tomarlo como tal.

2

El despacho del ministro de Ciencia e Innovación había sido el suyo unos años antes. Apenas había cambiado: la misma vista, la misma mesa de cristal, otra foto en la pared. José Castro lo recibió de pie y, en lugar de invitarlo a sentarse, lo llevó hasta la ventana.

—Te dejo tu antiguo despacho. —Sonrió—. Pensé que te haría gracia. Permíteme que te tutee: hace años que sigo tu trabajo. Yo propuse tu nombre.

—Estaba bien en Japón —dijo Enzo—. Pero tenía ganas de volver.

—Lo sé. La gente como nosotros siempre vuelve. —Era la segunda vez que le decían eso en dos días.

Castro fue al grano. Las leyes restrictivas del Gobierno anterior, le dijo, el mismo del que Enzo había formado parte, no habían servido de nada: un parche que solo había engordado a los luditas. Y bajó la voz para el dato que de verdad importaba.

—Se rumorea que Rafael Gallego quiere presentarse a las elecciones.

—No lo sabía.

—Nadie lo sabe aún. Por eso te hemos traído ahora y no dentro de seis meses.

—¿Y cuál es mi papel?

—Queremos que seas la cara visible cuando haga falta. Alguien que inspire confianza y sepa explicar lo que hacemos. Tu prestigio nos sirve. Y haber dimitido del Gobierno anterior te dejó como un hombre de principios. —Hizo una pausa—. Aquí nadie dimite por nada, ya lo sabes.

Enzo se apartó de la ventana.

—Lo que sé hacer es ejecutar proyectos. Salir a defender al Gobierno en los platós ya lo hice una vez. No acabó bien.

—Por eso mismo te necesitamos. Hay mucha gente con buenos discursos. Lo que no hay es gente que haya pasado por lo que tú pasaste y aún esté dispuesta a dar la cara. No te pido ser portavoz a todas horas. Te pido que seas la voz cuando toque. Los proyectos los tendrás, y de los grandes.

Enzo se quedó callado. Sabía que esa era la única forma de llegar a las decisiones que importaban: tragando también con la parte que no quería.

—De acuerdo.

—Bien. Hay algo más. —Castro volvió a la mesa, ahora sí, y le acercó una carpeta sin abrirla—. Quiero que hables con los luditas. Que se sienten contigo.

—¿Para llegar a un acuerdo?

—Para que se vea que se sientan contigo. —Lo dijo sin pestañear, como si fuera evidente—. Un acuerdo de verdad sería estupendo, no te digo que no. Pero lo urgente es la imagen: el Gobierno tendiendo la mano, los luditas escuchando. Que la gente vea diálogo. Lo que pase después en la mesa ya lo gestionaremos.

A Enzo algo le rechinó, pero no supo señalar el qué. Lo dejó pasar.

—No será fácil.

—Nadie espera milagros. Si suavizas su postura de cara al público, ya habremos ganado. —Castro le tendió la mano—. Sabía que lo entenderías. Por eso eres el hombre adecuado.

3

En la pantalla, Rafael Gallego ocupaba el plató de un programa de máxima audiencia. Había envejecido: el pelo canoso, la cara más afilada que la última vez que Enzo lo vio en persona. Vestía con una sencillez calculada, camisa sin corbata, chaqueta gris, la de alguien que cuida mucho parecer que no se cuida.

Enzo lo seguía desde el sofá de su piso a medio amueblar.

—Enzo Pujol es un hombre brillante —decía Rafael—. Y por eso da más pena verlo de mascarón de proa. Lo han traído para que el Gobierno tenga una cara amable que enseñar mientras hace lo de siempre por detrás.

—Hombre, señor Gallego —intervino el presentador—, el señor Pujol dimitió del Gobierno anterior por principios. No parece fácil de manipular.

—Dimitió cuando ya no podía hacer otra cosa.

—¿Y qué tiene de malo que el Gobierno quiera sentarse a negociar? —insistió el presentador.

—Que no quiere negociar. Quiere la foto. Quiere que se vea a un ludita dándole la mano a Pujol para poder decir que escucha, y seguir despidiendo a la gente al día siguiente. —Se inclinó hacia la cámara—. Lo que ofrecen no es un acuerdo. Es tiempo. Tiempo para desgastarnos.

Enzo dejó de mirar la pantalla un segundo. Aquello era, palabra por palabra, lo que Castro le había dicho en el despacho: que se vea que se sientan contigo. Lo urgente es la imagen.

Le molestó que Rafael lo supiera. Le molestó más que tuviera razón.

El presentador, por fin, apretó:

—Usted habla de diálogo, pero su movimiento ha puesto bombas. Hay muertos, señor Gallego. ¿También eso es resistencia?

Rafael no parpadeó.

—Yo no he puesto ninguna bomba. Y he condenado cada una. —Una pausa, apenas—. Pero no me pida que llore por una máquina incendiada cuando nadie lloró por las familias que se quedaron sin nada. No es lo mismo.

—¿Y cuál es su propuesta?

—Parar. Sencillamente, parar. Devolver el trabajo a las personas antes de que no quede nada que devolver.

Enzo apagó la pantalla. En el reflejo oscuro se vio a sí mismo, solo, en un salón con cajas sin abrir, a punto de sentarse a negociar con el hombre que representaba el malestar de millones de personas.

4

La habitación era espaciosa, con techos altos y grandes ventanales por los que entraba la luz gris de una mañana nublada. Una mesa ovalada de madera oscura ocupaba el centro de la estancia, rodeada de sillas de respaldo alto. Todo estaba dispuesto para una conversación civilizada. Nadie en aquella sala tenía intención de tenerla.

Enzo se sentó presidiendo el lado del Gobierno. A su derecha, dos asesores lo observaban. Frente a él, los luditas y los representantes sindicales.

Rafael Gallego ocupaba el centro del grupo ludita. No le hacía falta hablar para que el resto se ordenara en torno a él. La forma de apoyar las manos en la mesa, el modo de sostener la mirada: cada gesto suyo le situaba donde estaba.

—Gracias a todos por venir. Esta reunión es un paso importante. A pesar de nuestras diferencias, confío en que podamos encontrar puntos en común —dijo Enzo.

Rafael sonrió. Una sonrisa pequeña, sin alegría.

—Puntos en común.

Repitió la frase como quien sopesa una palabra ajena.

—Llevo oyéndoselo desde que volvió usted de Japón, señor Pujol.

Hizo una pausa.

—¿Se refiere a que los trabajadores sean sustituidos por máquinas y que sus familias se queden sin nada? ¿Eso es un punto en común?

Enzo intentó no acusar el golpe.

—Me refiero a buscar algo donde podamos coincidir. Sé que hay heridas profundas. Sé que hay desconfianza. Pero es el momento de intentar construir algo.

—¿Construir? —Rafael se reclinó en la silla—. Un padre de familia se ahorcó en el garaje el día que cumplió dos años en el paro. Eso es lo que ustedes están construyendo, señor Pujol.

La sala quedó en silencio.

—Lo siento —dijo Enzo, y le sonó más débil de lo que quería—. De verdad lo siento. Pero no podemos cambiar lo que ya ha pasado. Lo que sí podemos…

—Usted solo es un peón que otros mueven —dijo Rafael interrumpiéndole.

El golpe había sido duro. Tomó aire antes de contestar.

—Si yo soy un peón en esto, también lo es usted. Todos lo somos. Eso no significa que no podamos cambiar las cosas desde dentro.

—¿Desde dentro? —Rafael soltó una risa breve—. Esto es desde dentro, señor Pujol. Mire alrededor. ¿Le parece que algo está cambiando?

Hubo un murmullo de aprobación en el lado ludita. Uno de los representantes sindicales —un hombre mayor, con las manos grandes— se cruzó de brazos y miró a Enzo con algo parecido a la lástima.

—Demuéstremelo —continuó Rafael—. No con palabras. Con una medida concreta, firmada, antes de que termine este mes. Una sola. Si la trae, volvemos a sentarnos. Si no la trae, esto es exactamente lo que parece: un teatro para que ustedes puedan decir que dialogan.

Otros delegados pidieron la palabra. Hablaron del paro juvenil, de las cuotas de robotización, de los desahucios. Cada intervención fue más áspera que la anterior. Enzo tomó notas, asintió cuando tocaba, dijo lo que se esperaba que dijera. Cuando salió de la sala, dos horas después, no se había firmado nada. Y empezaba a sospechar que aquella vía no llevaba a ninguna parte.

5

La reunión tuvo lugar en una gran sala de la Moncloa. Ministros, algunos secretarios de Estado y asesores ocupaban sus puestos alrededor de la mesa, cada uno con una pantalla virtual delante. La presidenta Eva Rodríguez presidía.

A Enzo le habían sentado en una esquina. Desde allí veía a todos los demás de espaldas o de perfil. La cercanía a la presidenta marcaba la jerarquía: a su derecha, los ministros de peso; a la izquierda, los del segundo anillo; en las esquinas, los técnicos y los asesores que estaban allí para escuchar y, si acaso, opinar al final. Había llegado pronto y había usado el tiempo para releer la propuesta que iba a presentarse. Cuanto más leía, más se le encogía algo dentro.

El ministro del Interior tomó la palabra. Una pantalla virtual se desplegó sobre la mesa. El logotipo de la Unión Europea encabezaba el documento. Debajo, el título: «Reforma de la identidad digital europea: seguridad y responsabilidad en la era de la información».

—Quiero empezar agradeciendo a la presidenta que nos haya convocado.

El ministro habló sin levantar la voz.

—La UE ha aprobado, después de tres años de trabajo, una ley que cambiará la forma en que los ciudadanos acceden a internet. A partir del año que viene, cada usuario tendrá una identidad única, vinculada a su DNI, para entrar en la red dentro del territorio comunitario.

Hizo una pausa.

—Sé que algunos de los aquí presentes tienen reservas. Yo también las tuve. Quiero pedirles, sobre todo, que escuchen los datos.

Pulsó el aire. La pantalla cambió.

—En el último ejercicio se han denunciado en España cuatro mil ochocientos casos de exposición de menores a contenidos generados con IA: desnudos sintéticos de niñas de doce y trece años, conversaciones con personajes diseñados para extraer información, suicidios inducidos. Cuatro mil ochocientos. Esos son los denunciados. Los servicios sociales calculan que la cifra real es mucho mayor.

Nadie se movió.

—La desinformación electoral en las últimas elecciones movilizó alrededor de un millón de cuentas no humanas. La policía judicial no ha podido identificar a los responsables. No los va a identificar nunca, mientras la red siga siendo lo que es.

Bajó la pantalla.

—No les estoy proponiendo un sistema de vigilancia. Les estoy proponiendo que cada persona, en internet, sea quien dice ser. Como en cualquier otro espacio público. Es lo único que pedimos.

Hubo un silencio largo. El ministro de Justicia asintió, despacio. La ministra de Igualdad, sentada junto a la presidenta, se llevó una mano a la boca. Enzo notó que la sala apoyaba al ministro del Interior.

—Las plataformas que no acepten el sistema no podrán operar en territorio comunitario —añadió el ministro—. Las redes anónimas y los servicios de enmascaramiento de identidad quedarán restringidos a usos profesionales con licencia. Los demás no los necesitamos.

Lo dijo con suavidad, como una conclusión obvia.

Enzo miró el papel que tenía delante. Llevaba veinte minutos repitiéndose internamente lo que iba a decir. Le sudaban las manos.

Levantó la mano.

La presidenta tardó en verle. Cuando lo vio, asintió.

—Señor Pujol.

—Señora presidenta. —La voz le salió más baja de lo que esperaba. Se aclaró la garganta—. Comprendo perfectamente la intención de la propuesta. Y creo que los problemas que ha descrito el ministro son reales.

Esperó un segundo. Era importante haber dicho eso primero.

—Pero creo que el remedio es peor que la enfermedad. Una identidad única vinculada al DNI, en una red sin anonimato posible, no es solo una herramienta para perseguir a quienes hacen daño. Es también, y sobre todo, una herramienta para saber en todo momento qué piensan los ciudadanos, con quién hablan y qué leen.

El ministro del Interior no le habló con hostilidad. Casi con afecto.

—Señor Pujol, le agradezco la franqueza. ¿Pero usted le diría a la madre de una de esas niñas que prefiere que su hija siga expuesta antes que aceptar una credencial digital?

Enzo no respondió enseguida.

—No. Pero le diría que hay otras formas de proteger a esa niña que no requieren controlar a millones de personas.

—¿Cuáles?

Era una pregunta sincera. Eso era lo peor.

—Verificación de edad en plataformas. Responsabilidad legal de los operadores. Equipos especializados de policía digital. No una identidad única para entrar en la red.

—Hemos intentado todo eso, señor Pujol. Llevamos años intentándolo. ¿Sabe cuántas niñas hay esta tarde, mientras nosotros hablamos, recibiendo mensajes de extorsión por desnudos que no se hicieron?

Enzo no contestó.

La presidenta levantó la mano. El gesto cerró la conversación sin hacer ruido.

—Le agradezco sus comentarios, señor Pujol. De verdad. Y comparto su preocupación por las garantías. —Hizo una pausa pequeña, exactamente del tamaño que se necesita para que una pausa pese—. Vamos a incluir en la disposición final una cláusula de revisión a los cinco años. Una comisión mixta, con presencia de la sociedad civil. Y mecanismos de transparencia reforzados.

Algunos ministros asintieron.

—Pero no podemos esperar más, señor Pujol. No con lo que está pasando ahí fuera.

Enzo asintió. No le quedaba otra cosa.

La reunión continuó. Se aprobó el calendario. Cuando salió de la sala, una hora después, los pasillos de la Moncloa estaban vacíos.

Caminó hasta la salida sin saber qué pensar. Llevaba toda la mañana convencido de que aquella ley era un error. Pero por primera vez no podía decir que la gente que la había impulsado no tuviera razones. Y eso, descubrió mientras esperaba el coche bajo la lluvia, era lo que más le inquietaba de todo.

6

La sala de prensa de la Moncloa estaba llena cuando la presidenta Eva Rodríguez subió al atril. Detrás de ella, las banderas de España y de la Unión Europea. Los periodistas se acomodaron en sus asientos con la disciplina rutinaria de quien ya sabe lo que va a oír.

—Hoy damos un paso hacia un país más libre y más justo —dijo la presidenta—. España se suma a la vanguardia europea legalizando el cannabis. Vamos a regular su producción, su distribución y su venta con todas las garantías. Y vamos a indultar a quienes hayan sido condenados por delitos relacionados con esta sustancia. Es de justicia.

Hubo aplausos. Discretos, contenidos, los aplausos profesionales de una sala de prensa.

—Quiero subrayar tres cosas. Primera: ponemos fin a una represión que durante décadas ha llenado nuestras cárceles de jóvenes de barrios humildes. Segunda: la nueva industria creará empleo. Tercera: los recursos fiscales que se generen irán íntegros a sanidad, educación y servicios sociales. Lo dice el proyecto de ley en su artículo segundo.

Hizo una pausa medida.

—España demuestra hoy su madurez democrática. Confío en la responsabilidad colectiva de los ciudadanos.

Los aplausos esta vez fueron más largos. Enzo siguió la comparecencia por televisión.

Esa tarde, en su despacho, abrió el proyecto de ley en la pantalla virtual. La parte expositiva era impecable: salud pública, justicia social, oportunidad económica. Cualquiera la habría firmado. Él mismo la habría firmado seis meses antes.

Pasó a la memoria económica.

Ahí los números contaban otra historia. Los ingresos previstos por impuestos especiales eran modestos. Lo que disparaba la cuenta de resultados era el ahorro: menos presos, menos juicios, menos vigilancia, menos despliegues policiales en barrios complicados.

Hacia el final, en una sección técnica que no aparecería en ningún titular, había un párrafo dedicado a los «efectos previsibles sobre la cohesión social». El redactor calculaba que el acceso normalizado al cannabis contribuiría a reducir las «tensiones acumuladas» en zonas con altos índices de desempleo estructural.

Enzo leyó el párrafo dos veces.

7

«El Gobierno aprueba medidas para regular los contenidos extremistas en las redes sociales». El titular abrió las ediciones digitales a primera hora. La prensa gubernamental lo presentó como un paso importante contra la desinformación y la incitación al odio. La palabra «luditas» no aparecía en ninguna parte.

Enzo leyó las noticias en su pantalla. Una de ellas detallaba que se prohibirían «las publicaciones que fomenten el rechazo sistemático de las políticas de innovación, con especial atención a la inteligencia artificial y los procesos de automatización».

Llamó a la Moncloa. Le dieron cita para esa tarde.

La presidenta lo recibió en su despacho. Tenía un informe abierto en la pantalla que cerró cuando él entró.

—Pasa, Enzo. Tengo poco tiempo.

Se sentó.

—Señora presidenta, sobre la nueva regulación de redes. Creo que…

—Sé lo que vas a decirme. Y créeme que llevo un mes diciéndomelo a mí misma. ¿Crees que esto me hace gracia?

Enzo no contestó.

—La policía me pasa los informes cada lunes, Enzo. ¿Sabes cuántos vídeos de incitación directa a la violencia contra trabajadores tecnológicos se publicaron la semana pasada? ¿Cuántas listas con direcciones, con fotografías, con itinerarios diarios? Tú mismo apareciste en una de ellas que se había difundido por redes.

Hizo una pausa.

—No estoy regulando opiniones. Estoy evitando que asalten fábricas y secuestren científicos.

—Lo entiendo. Lo que me preocupa es la redacción. «Rechazo sistemático de las políticas de innovación» es una fórmula que abarca cualquier cosa. Una columna crítica con un proyecto del Gobierno entra ahí. Un análisis académico entra ahí.

—La interpretación práctica la harán los jueces, no la ley.

—La interpretación práctica la harán los algoritmos de las plataformas, señora presidenta. Diez segundos por publicación. No habrá juez.

Eva le sostuvo la mirada un momento. Después se reclinó.

—Te agradezco la observación. La trasladaré al ministerio. Veremos si hay margen para afinar el redactado en el trámite parlamentario.

Era una respuesta cortés. No era un compromiso.

—Gracias, señora presidenta.

—Enzo.

Le detuvo cuando ya estaba en la puerta.

—No te pongas del otro lado. Ahí solo hay gente que quiere matarte.

Aquella noche, en el sofá de su apartamento, encendió las noticias. Una reportera explicaba con tono profesional el alcance de la nueva normativa: protección de los ciudadanos, entorno digital seguro y lucha contra la desinformación. Enseñaron gráficos con el aumento de los bulos y planos cortos de manifestaciones violentas.

Enzo abrió sus redes sociales en la pantalla virtual.

Algo había empezado ya. Un columnista que él leía con frecuencia —un crítico moderado, ni siquiera ludita— tenía la cuenta suspendida pendiente de revisión. La etiqueta del último debate parlamentario había desaparecido de las tendencias. Tres perfiles que seguía aparecían marcados como «fuente potencialmente dañina».

Buscó la lista de la que le había hablado la presidenta. La había visto circular semanas atrás. Ya no estaba. Dos cuentas que la habían difundido aparecían suspendidas desde esa misma mañana.

Tendría que haberle aliviado, pero no lo hizo.

8

Rafael Gallego estaba siendo investigado por unos contratos irregulares. La noticia abrió todos los informativos de la mañana. Imágenes de archivo del líder del movimiento ludita dirigiendo manifestaciones se intercalaban con planos de las oficinas del partido y con copias de unos contratos de limpieza con cifras por debajo del salario mínimo.

Enzo lo siguió desde su despacho. Apagó la pantalla a la tercera repetición.

Enzo asistió a la reunión de coordinación a las once. Se respiraba algo parecido al alivio.

—Por fin —dijo uno de los ministros, sentándose a su lado con una sonrisa—. ¿Has visto las redes? Es Navidad.

Enzo asintió sin contestar.

Cuando entró la presidenta, los demás callaron. Se sentó en la cabecera y miró el documento que tenía abierto delante.

—Buenos días. No hace falta que comente lo evidente. Quiero solo dos cosas. La primera: ningún miembro del Gobierno hace declaraciones sobre el caso Gallego hasta que la Fiscalía se pronuncie. Que hablen los medios. La segunda: a partir de mañana retomamos la agenda económica. No quiero que esto eclipse otras prioridades.

Hubo un asentimiento general.

—Enzo, tú menos que nadie. Eres el único de los presentes a quien Gallego puede atacar personalmente si reacciona. No le des munición.

—Por supuesto, señora presidenta.

Lo dijo más rápido de lo que habría querido.

Al mediodía, los periódicos digitales tenían la misma portada con titulares casi calcados: «El líder ludita explotaba a trabajadores en su propia organización», «Hipocresía obrerista: Gallego paga por debajo del salario mínimo».

A primera hora de la tarde, ya en su despacho, recibió una llamada de un periodista de un medio digital pequeño. Le pasaron la llamada porque insistió. Cuando contestó, la imagen del periodista llenó la pantalla virtual. Era joven, despeinado, hablaba rápido.

—Señor Pujol, gracias por atenderme. Estoy preparando una pieza sobre Gallego para esta noche. ¿Puede confirmarme si el Gobierno ha tenido algún papel en el origen de la denuncia, o si la Fiscalía actúa de oficio?

Enzo tardó un segundo en responder.

—No es mi competencia.

—Lo sé, señor Pujol. Por eso le pregunto a usted y no al ministro de Justicia. Como secretario de Estado para la innovación tecnológica, usted ha estado en reuniones donde se ha hablado del movimiento ludita. ¿Se ha mencionado alguna vez la posibilidad de actuar contra Gallego por esta vía?

—No tengo nada que decir al respecto.

—Señor Pujol, hemos contrastado los contratos. Las firmas no coinciden con las que Gallego usa en otros documentos públicos. Hay al menos dos empleados que niegan haberlos firmado. Esto es un montaje. Y va a salir publicado esta noche en algún sitio, conmigo o sin mí.

Enzo notó que se le secaba la boca.

—Si tiene pruebas, publíquelas. Yo no puedo confirmar ni desmentir lo que no me consta.

—¿No le consta o no le permiten que le conste?

—Sin comentarios.

Y cortó la comunicación.

Esa noche Enzo cenó solo. En la pantalla virtual del salón seguía corriendo el último informativo. Hablaban de Gallego. Tres expertos invitados coincidían en que el caso era «extremadamente grave» y «sintomático de una corrupción sistémica» en el movimiento.

Abrió las redes. La cuenta del periodista al que había cortado había sido suspendida. El último mensaje, publicado hacía dos horas, anunciaba que esa noche sacaría una investigación importante. La etiqueta con su nombre estaba marcada como «campaña de desinformación coordinada».

Enzo cerró la pantalla. El periodista le había hecho una pregunta y él sabía la respuesta. Se la había callado.

9

Esa noche, Enzo vio una entrevista a Rafael Gallego en un canal independiente. Era uno de los pocos medios que aún le daban voz.

Gallego tenía la piel tensa, las ojeras hundidas, la barba de varios días. Estaba sentado en una silla que parecía demasiado pequeña para él y movía las manos cuando hablaba, sin darse cuenta.

—Se le acusa de explotar a trabajadores en su propia organización. ¿Qué responde?

Gallego respiró despacio.

—Que es mentira. Pero no espero que eso baste. Me han enseñado los contratos. Las firmas no son las mías. La empresa que aparece como subcontrata yo no sé ni quién la lleva. Se lo he dicho al juez esta mañana. Lo dirá él, supongo, cuando le toque. Antes, no. Antes me habrá hundido la prensa.

—¿Quién está detrás, en su opinión?

—Mire, voy a ser honesto. Lo de quién está detrás ya da igual. Lo importante no es eso. Lo importante es que funciona. Que con un titular se acaba conmigo. Que cuando salga la sentencia, dentro de dos años, ya nadie se va a acordar. Eso es lo que han demostrado: que pueden hacerlo. Que pueden coger a cualquiera de nosotros, cualquier día, y reventarle la vida en una mañana.

Se inclinó un poco hacia delante.

—Y si pueden hacérmelo a mí, que tengo abogados, que tengo el partido, que tengo a la prensa que aún se atreve a llamarme… imagine lo que pueden hacer con cualquier ciudadano que no se calle. Imagine.

Hubo un silencio breve.

Enzo apagó la proyección.

CAPÍTULO 8
EL LEVIATÁN CONTRAATACA

1

La Plaza de Oriente estaba engalanada. Decenas de banderas de España ondeaban al viento. La presidenta Eva Rodríguez subió al balcón con su sonrisa de acto público. En la pantalla holográfica gigante que cubría el lateral del Palacio Real su rostro aparecía a treinta metros de altura, sereno y enorme.

Enzo estaba sentado en primera fila, entre ministros, asesores y empresarios.

—Hoy es un día importante para España y para Europa —empezó Eva—. Queremos reafirmar nuestro compromiso con un futuro próspero, con una democracia fuerte y con la tecnología como nuestra gran aliada. No cederemos ante el miedo ni ante el odio.

Los vítores fueron ensordecedores.

La explosión vino de detrás.

Enzo no la oyó: la sintió. Un golpe seco en el pecho, como si alguien le hubiera empujado por la espalda. Un segundo de silencio absoluto, los oídos taponados. Y luego, como si volvieran las cosas a su sitio, los gritos.

Otra explosión. Más cerca. Los adoquines vibraron bajo los pies.

La gente echó a correr. Todos a la vez. Enzo se levantó y la masa humana lo arrastró antes de que pudiera elegir hacia dónde. Una mujer le golpeó en el costado al pasar. Un hombre cayó delante de él y Enzo casi le pisó. Vio una zapatilla deportiva sin pie en el suelo. Apartó la vista.

Buscó el balcón con la mirada. La presidenta ya no estaba. Su equipo de seguridad la habría sacado en los primeros segundos. Lo que seguía allí, indiferente, era la pantalla holográfica con su cara, treinta metros de alto, sonriendo a una plaza que ya no existía.

Tercera explosión. Esta vez más lejos, hacia los Jardines de Sabatini. Algo cayó del cielo cerca de él, no supo qué. No miró.

Los drones policiales empezaron a sobrevolar la plaza emitiendo órdenes:

—Evacuen la zona. No bloqueen las salidas. Mantengan la calma.

Las palabras de los drones no las oía nadie.

Enzo intentó moverse contra la marea, hacia el lateral del Palacio Real, donde había visto a un grupo de personas refugiándose detrás de la tarima de prensa. No llegó. La multitud lo empujó al centro de la plaza, hacia la estatua ecuestre de Felipe IV. Allí se quedó unos segundos, jadeando, agarrado a una de las cadenas que rodeaban la base del monumento, mientras la gente seguía pasando por su lado.

Vio una niña sin sus padres, llorando. Intentó llegar hasta ella. Una mujer la cogió en brazos antes que él y siguió corriendo.

Entonces oyó la cuarta explosión.

2

Un texto recorría la parte inferior de la pantalla: «53 muertos: se sospecha del movimiento ludita». Las imágenes del caos en la Plaza de Oriente se repetían en bucle. La primera explosión, una y otra vez, desde tres ángulos distintos.

Enzo había sobrevivido. Le había salvado estar en la fila delantera con las autoridades. Después del atentado se lo habían llevado al Palacio de la Moncloa con el resto del Gobierno, sin preguntarle si quería ir.

Pocas horas más tarde, el portavoz apareció en directo. Habló durante setenta segundos. Las palabras que más se repitieron en las noticias al día siguiente fueron tres: extremistas, vinculados y neutralización.

A la mañana siguiente, Eva Rodríguez pronunció un discurso. Enzo estaba en un rincón alejado, sentado en una silla que nadie le había asignado.

—Ayer fuimos testigos de un atentado monstruoso. Buscaba silenciarnos. Buscaba desestabilizar este país. No lo conseguirán.

Eva hizo una pausa. En el monitor de la sala, el primer plano mostraba las líneas de tensión en su frente. Enzo no recordaba haberla visto así nunca.

—Quiero comunicarles que los responsables del atentado han sido identificados. Se trata de un grupo extremista vinculado al movimiento ludita. Las fuerzas de seguridad del Estado han llevado a cabo, esta madrugada, una operación para detenerlos.

Otra pausa.

—En el enfrentamiento, todos los sospechosos han resultado abatidos.

Vio a un asesor del Ministerio del Interior asentir despacio, sin levantar la vista del suelo.

—Se han recuperado explosivos y documentación en sus domicilios. La operación ha sido limpia. No ha habido bajas entre las fuerzas del orden.

Hubo un primer aplauso, dudoso, que se contagió rápido. Eva esperó a que terminara.

—Quiero expresar mi gratitud a los agentes que arriesgaron sus vidas esta noche. En especial a los GEO. Y quiero decirle al país que este Gobierno no descansará hasta que cualquier persona que haya colaborado, dado cobertura o financiado a estos asesinos comparezca ante la justicia.

Los aplausos fueron largos. Enzo no aplaudió. Miró al asesor del Ministerio del Interior. El hombre seguía con la mirada baja.

3

Tres días después del discurso de Eva, Enzo abrió una pantalla virtual en la cocina de su apartamento. Eran las once y media de la noche. No tenía hambre y no había encendido las luces principales, solo la pequeña que había sobre la encimera.

Buscó el nombre de Hernán Rey. Había sido el primero en cuestionar la versión oficial del atentado. Tres días antes había subido un vídeo desde su despacho, en mangas de camisa, hablando deprisa.

—Las pruebas contra los luditas no se sostienen. No se sostienen, gente. Tres pisos asaltados, todos los sospechosos abatidos, ningún superviviente que pueda contar nada, los explosivos aparecen justo donde debían estar. Esto no me cuadra y lo voy a decir.

Al día siguiente lo detuvieron. La acusación, «difundir desinformación con fines subversivos». Los tres principales informativos de la noche dedicaron menos de un minuto al asunto. Lo presentaron como un avance contra las noticias falsas. Las imágenes lo mostraban escoltado por dos policías, con la cabeza gacha, mientras se registraba su domicilio. Ningún colega de los medios grandes comentó el caso. Tampoco en redes.

Veinticuatro horas después, Hernán Rey había desaparecido de internet. Sus cuentas, eliminadas. Sus vídeos antiguos, no disponibles. Su nombre, marcado en los buscadores como fuente no fiable. Enzo intentó acceder a un par de blogs extranjeros donde algunos comentaristas habían colgado capturas. Bloqueados.

Cerró ese y abrió otra cosa.

Buscó a Marta Llopis, una analista tecnológica que en el último año había escrito tres columnas críticas con la regulación de redes. Su web personal devolvía un mensaje genérico de mantenimiento. Sus cuentas en redes habían sido suspendidas. Su último artículo en la revista en la que colaboraba, retirado.

Buscó a Pere Joan Ferrer, un activista veterano que había estado en todas las manifestaciones por la libertad digital de los últimos años. Su perfil, cerrado. Sin nota explicativa. Solo una página vacía.

Hizo una cuarta búsqueda. Y una quinta. Y una sexta.

A medianoche, Enzo había contado catorce. Periodistas, analistas, activistas, dos profesores universitarios, una abogada de libertades civiles, un humorista. Catorce voces que tres semanas antes estaban en la conversación pública y que ahora no estaban en ninguna parte. Algunos habían cerrado sus cuentas de forma voluntaria. La mayoría se había esfumado sin explicación.

Cerró la pantalla.

A la mañana siguiente, mientras se afeitaba, oyó en la radio el dato: el apoyo a la presidenta había subido catorce puntos en una semana. Una analista de plató lo explicaba con voz cálida.

—La gente, en momentos así, agradece la firmeza. Agradece sentir que el Estado responde.

Enzo se enjuagó la cara. Se miró en el espejo un momento. Después salió de casa.

4

Enzo estaba sentado en el sillón de su despacho. Había pasado un largo rato viendo vídeos del atentado. Cada vez que terminaba uno, Nexus le ofrecía el siguiente. Había perdido la cuenta.

—Llamada entrante. Contacto: Aiko.

Tardó en contestar. Hacía meses que no sabía nada de ella.

La figura de Aiko apareció proyectada frente a él. Estaba en la cocina de su apartamento de Tokio. Detrás se veía la encimera con dos platos sin lavar.

—Enzo.

—Hola.

Hubo un silencio. Aiko se apartó el pelo de la cara con un gesto que él recordaba.

—He visto las noticias.

—Estoy bien.

—Ya. Lo he visto en las noticias también. Que estabas bien.

Otro silencio.

—¿Te has hecho daño?

—No. Estaba en primera fila con las autoridades. Eso me salvó.

—Ah.

Algo fuera del campo de la cámara llamó la atención de Aiko un instante. Después volvió a él.

—Enzo, aquí la gente está hablando.

—Lo imagino.

—Diciendo cosas. No sé si te llegan.

—Algunas.

—Que tal vez no fue lo que parece.

Lo dijo despacio. No como una acusación. Como algo que ella no acababa de creerse y que necesitaba decir en voz alta a alguien.

Enzo no contestó enseguida.

—Aiko, han muerto cincuenta y tres personas.

—Ya sé.

—No sigas por ahí.

—No te estoy diciendo nada. Te estoy contando lo que se dice aquí.

—Pues aquí se ha investigado. Se ha encontrado a los responsables. Hay pruebas.

Aiko bajó la mirada un momento. Cuando volvió a alzarla notó el cansancio en su cara.

—No te llamaba para esto.

—Ya lo sé.

—Solo quería saber si estabas bien.

—Lo sé. Y te lo agradezco.

Aiko alargó la mano hacia algún punto fuera de cámara. Se despidieron y la proyección desapareció.

El espacio donde había estado su cara siguió vacío unos segundos. Después le pidió a Nexus el siguiente vídeo.

5

«Rafael Gallego ha sido encontrado muerto en su celda». El titular era breve y se hablaba de un «aparente suicidio». Las cadenas nacionales le dedicaron menos de un minuto.

Enzo lo leyó nada más levantarse. Se duchó, se vistió, salió de casa sin desayunar.

Al tanatorio llegó a media tarde, cuando ya quedaba poca gente. No quería ser el primero. No quería ser visto.

Teresa, la viuda, lo reconoció en cuanto entró. Estaba de pie junto al féretro, con la madre de Rafael sentada a su lado en una silla. La sala olía a flores y a desinfectante.

Avanzó por el centro hacia ellas. Teresa no se movió.

—¿Qué hace usted aquí?

Lo dijo bajito.

—He venido a darle el pésame.

—Váyase.

—Teresa, por favor.

—Váyase.

La madre de Rafael se levantó con dificultad. Le puso una mano a Teresa en el brazo.

—Hija…

Teresa no le hizo caso. Seguía mirando a Enzo a los ojos.

—Lo mataron ustedes. Ustedes. ¿Y viene aquí?

—Yo no…

—Lo mataron. En una celda. Solo. Como se mata a un perro.

Enzo no contestó.

—Mi hijo está en casa. Esta mañana le he tenido que decir que su padre no se ha suicidado, que todo es un montaje.

La voz se le quebró un segundo.

—Y usted viene aquí. ¿A qué? ¿A que le perdone? ¿A poder dormir esta noche?

—No.

—¿No?

—No lo sé.

Hubo un silencio. La madre de Rafael lloraba sin hacer ruido.

—Salga de aquí.

Enzo no se movió.

—Salga de aquí, por favor.

Caminó hasta la puerta sin mirar atrás. En el pasillo había dos hombres que lo reconocieron y bajaron la vista. Pasó entre ellos. Salió a la calle. Hacía frío.

Subió al coche y le dijo que lo llevara a casa.

6

—¿Dimitir?

Castro no levantó la voz. Se reclinó en la silla y se quedó mirándole un momento.

—Enzo, no me hagas esto ahora.

—La situación está fuera de control.

—¿Qué situación?

Enzo no contestó enseguida. Castro sabía perfectamente qué situación.

—Hay líneas que se han cruzado. Lo de Gallego en la celda. Lo de la Plaza de Oriente. Lo del periodista de hace una semana. Yo no quiero seguir formando parte de este Gobierno.

Castro se pasó una mano por la cara.

—Lo de Gallego es un suicidio. Hay autopsia.

—Ya.

—Lo dice el forense, Enzo. No yo.

—Ya.

—Si tienes algo concreto, dilo. Pero dilo aquí, conmigo, no en una rueda de prensa.

—No tengo nada concreto.

—Entonces lo que tienes son sospechas. Y con sospechas no se dimite.

Enzo no dijo nada.

—Mira. Te entiendo. ¿Crees que yo no? Llevo cuatro años en esto y hay noches que no duermo. Pero esto se hace o no se hace. Y si lo dejamos a medias, gana la otra gente. Y la otra gente, Enzo, los que mataron a Elvira, los que te ataron a ti a una silla, no se han ido. Están esperando. Y ahora mismo están leyendo los periódicos a ver si nos rompemos.

—Yo no soy todo el Gobierno.

—Tienes razón. Pero eres el único que viene del otro lado. El único que tuvo la valentía de dimitir durante la presidencia de Carrascosa cuando aquello se torció. Si tú te vas ahora, lo van a leer como una confirmación.

—¿De qué?

—De todo. De todo lo que se dice por ahí.

Enzo se quedó callado.

—Te pido que aguantes seis meses. Lo de la Plaza de Oriente se va a enfriar. Y lo de Gallego también. Y entonces, si quieres, hablamos de otra cosa. Una salida digna. Un puesto en algún sitio. La universidad. La ONU. Lo que tú quieras.

—Seis meses. De acuerdo.

Hubo un silencio.

—No olvides los cincuenta y tres muertos, Enzo. Esa gente esperaba algo de nosotros y se lo debemos. Aunque no nos guste cómo.

Enzo no respondió. Castro entendió que había ganado el tiempo que necesitaba.

—Vete a casa. Descansa. Llámame mañana o el lunes. Pero no me dimitas hoy.

Enzo se levantó. Castro seguía sentado. Cuando llegó a la puerta, le dijo:

—Y, Enzo. Cuídate. Lo digo de verdad.

7

La tarde estaba gris y olía a lluvia por venir. Enzo salió a caminar por La Latina sin rumbo fijo. Necesitaba pensar, o más bien dejar de hacerlo un rato.

Seis meses. Eso le había pedido Castro. Aguantar seis meses y luego una salida digna: la universidad, la ONU, lo que quisiera. Mientras caminaba por el asfalto mojado, se descubrió haciendo cuentas, imaginando el después. Un despacho tranquilo en algún sitio. Dar clase. Escribir. Un lugar donde su nombre no le abriera puertas ni se las cerrara. Por primera vez en mucho tiempo, la idea no le pareció una rendición. Le pareció un alivio.

En una esquina, un hombre pedía sentado en el suelo. A su lado, un cartón escrito a mano: «Los robots me han quitado el trabajo». Enzo dejó unas monedas sin mirarlo a la cara. Siguió andando.

Más adelante, unos chavales ocupaban un banco bajo una farola. No hablaban entre ellos; cada uno miraba su pantalla. En el muro, alguien había pintado: «El futuro nos ha abandonado». Enzo leyó la frase de pasada. Lo había defendido, el futuro. En platós, en despachos, ante hombres que ahora estaban muertos o desaparecidos. Y ahí estaba, escrito en un muro, lo que la gente pensaba de él.

Llegó a un parque pequeño. Unos niños jugaban entre los columpios, ajenos a todo. Se quedó mirándolos un momento.

Cuando cayeron las primeras gotas, no se fueron enseguida; siguieron corriendo entre los charcos, riéndose, hasta que la lluvia apretó y echaron a correr hacia los portales.

Enzo se quedó solo. Se ajustó el abrigo. Pensó que al día siguiente llamaría a Castro, como habían quedado. Que aguantaría los seis meses. Que después, quizá, empezaría otra cosa.

Un dron de reparto se apartó de su trayectoria y descendió hacia él a toda velocidad. No le dio tiempo a alzar la vista. El aparato explotó a menos de un metro.

Murió en un instante, sin entender qué había ocurrido.

www.ingramcontent.com/pod-product-compliance
Lightning Source LLC
Chambersburg PA
CBHW022132150726
47992CB00002B/554